让

一位女演员的成长启示录

人生再次绽放

顾艳 著

上海三联书店

序　一

我和顾艳合作过两次，一次是2009年电视剧《娘》戏，另一次是2015年的电视剧《苦乐村官》，两次合作乃是缘分。我们演母女、互相端详、认知、彼此投入……我们从同行变成朋友，彼此理解、赞同、支持的关系。她的表演即投入又忘我，就如她本性、真实质朴不造作，甚至到能撕裂肺腑的程度。这是我最佩服之处！一个演员最让人震撼演绎即是忘我的境界！向你致敬！我情有独钟地推举你的书，使读者们与我一样，喜欢你，爱戴你，《让人生再次绽放》，多保重！！！

—— 斯琴高娃

序 二

　　顾艳是我早年的学生。她的优秀表演，体现了典型的"学院派"风范，那就是：通过深入的内心体验，成功调动形体，进而控制整个舞台空间和剧场空间。这种风范，使舞台表演能在影视表现的浪潮下展现出不可替代的优势，也能使演员本身保持更加长久的艺术生命。

—— 余秋雨

前　言

　　在浩如烟海的文字中，你知道自己最喜欢的是什么字吗？多半人也许都不知道，甚至连想都没有想过，我也同样从来就没有考虑过这个问题。人生已走完半个多世纪的我，忽然发自内心地清楚地知道了自己的喜欢，我喜欢"绽放"这两个字，也许还在娘胎里时就喜欢了，只是自己不知道，所以冥冥之中让我来到世上选择做了一名演员。常有人问我，为什么你生活中的样子和创造出来的角色形象差别那么大？我想也许就是"绽放"的欲求吧。内心常会有各种骚动，各种想法想尝试着体现出来。体现得越多越好，大家看了感觉到快乐，甚至对大家有所帮助，就是我最大的幸福。

　　这本书原本想在三年前出版的，结果因各种的忙碌没能实现，也想过放弃。去年的疫情让我的脚步忽然停止，似乎老天爷在说，做你想做的事，生命无常，时间不是无限的。我再次叩问内心真正的诉求，于是《让人生再次绽放》这本书得以完成。

　　在21世纪的今天，不想再装腔作势，不想再压抑自己，喊出自己的心声，然后去实现它。每个人都是世间上的唯一，知道自己的心声再加上一点点的勇气和努力，不要在意别人的评价，过自己想要的不后悔的人生！

　　感谢我的父母生下我，让我有野心做梦，活出自己的精彩！

　　感谢我的丈夫把我带到世界各地让我看见了中国以外的灿烂！

　　感谢我的儿子，他是我的骄傲！他很平凡很善良和善解人意！

　　感谢一路走来支持我的朋友和观众们，有时候只是你们的一句话，让我含着眼泪坚持到今天。请相信自己，人生一定灿烂！

目 录

earrings

I

天　职

天 职

20世纪50年代末，某话剧团的大院里一个女孩诞生了。她母亲是一位演员，总是给她打扮得漂漂亮亮的，扎着两小辫，穿着粉红、淡蓝的连衣裙。女孩喜欢长在路边的小野花，喜欢舞台，喜欢化妆间，因为那儿有明亮的灯光和大大的镜子。她喜欢各种化妆油彩，它们散发着浓浓的油香味儿，涂在脸上素面的脸顿时变得漂亮而有光彩，就像她喜欢看变魔术一样。母亲常带着她在化妆间（后台）待着，小女孩特别喜欢化妆间，最好一直在那儿待下去。因为那儿的灯永远是亮着的，永远有人在那儿说说笑笑，演员们永远在那儿兴奋地等着上台，去体验另一个完全不同的人生。演出结束后，观众会给演员热烈的掌声，让演员们沉浸在幸福里而久久不能平静。女孩认为这就是生活，她幼小的心

作者幼小时

灵里认为自己将来也是这样站在光亮的房间里，把自己打扮得漂漂亮亮的登上大舞台，在大家面前展现自己。有时候哭、有时候笑、有时候跳、有时候闹，在鼓掌声中开幕，在鼓掌声中谢幕。在姑娘小小单纯的世界里这就是她想要的人生，她朦胧地认为人生就是这样色彩斑斓，没有平凡只有精彩。她喜欢这样的生活，她知道只要自己表现好观众就会给自己鼓掌，她陶醉在这种掌声里，她爱做梦，认为自己将来也会是一名演员。

作者幼小时

　　每逢周六和周日，女孩从幼儿园回家就迫不及待地要去剧场看戏。不管剧场有没有演出，总是要让妈妈带她去看看剧场是否灯火通明，大门口是否有熟悉的阿姨在剪门票，剧场外是否有拥挤的观众，演员们是否在那里兴奋地等着上场。这个时候母亲无论跟女孩怎么说，今天剧场休息没有演出，女孩都不会相信，只有带着她坐着公交车去市中心唯一的一家剧场让她亲眼看见剧场确实是漆黑的，门口没有站着剪票的阿姨也没有等着进场的观众时才肯罢休，那时女孩会带着失望和沮丧跟着母亲回家，也许脸上还挂着几滴泪珠。

作者和母亲

5岁的作者

作者幼年时

女孩从小就在话剧团的大院里长大，母亲每天忙于排练演出，女孩总是跟在母亲后面出入剧场排练厅和化妆间，她知道唯一想做的事情就是和母亲一样当演员，她不知道世界上还有其它职业。她和她的朋友们说："我长大了要当演员！要拍电影！"朋友们瞪大着眼睛说："好啊！那我们就等着在银幕上见到你！"多么大胆的约定，那是一个还没有电视机只有黑白电影的时代，小女孩也只有十岁，可她自信的宣言就在22岁的时候成真了，她真的当上了一名演员！她的梦想实现了，朋友们在银幕上真的见到了她。而且演的是女主角！

这位女孩就是我。

那时正处在"文革时期"，我们很少上课有许多的时间可以唱歌、跳舞、看母亲演出。话剧团的排练厅就在我们宿舍的前面，是我们唯一玩耍的地方。只要剧场有排练我们都特别兴奋，常常连晚饭都忘了吃，相互传递消息约好一起去看。等剧场一开门，我们就偷偷溜进剧场，找好自己的位置坐着，怕被哪位叔叔发现剧场里有小孩，一声吼叫我们就会被赶出剧场，最怕听到的一句话："今天排练，小孩不许进剧场"。那我们的命运就会很惨，我们就只能在剧场外面待着，像一群"小可怜"。但这也难不倒我们，我们会爬到房顶上，从剧场的大窗户往里看，也能看到排练，然后就模仿着演员们的表情、声音、动作，在房顶上开心地表演。记得有一个孩子因为忘我地表演不小心从房顶上掉了下去，弄得整个剧团沸沸扬扬，从此我们再也不能去房顶上看排练了。

记得当时最流行的电影是《春苗》，那时电影很少，一部电影在操场上要放好几天，我场场都去看，反复看天天看。每次看完后都很激动，急忙跑回家把自己关进厕所里锁上门，一个人在厕所里学样演戏，像个"小疯子"。我的心好像从来就没有踏实过,老在做梦想演戏,好像是老天爷赐与的责任,必须去完成它,可是如何才能当上一名演员不知道。那是个工、农、兵、学、商的时代,除了这五个专业外,无别路可走,我也没有兴趣。只有从小学到高中的宣传队排练让我最感幸福,一下课就去跳舞唱歌,认为自己就是一名演员。读书没心思,唱歌跳舞很起劲,只要有宣传队的活动,浑身来劲一天不请假,从小学到高中的学生生活是充实和快乐的。

一切都是最好的安排

在小学五、六年级的时候,也就是20世纪70年代,我们读的小学和初中,经常有部队文工团的人来学校挑选舞蹈演员。因为我不漂亮,所以没有自信。虽然很希望能被选上,但装着并不关心的样子。后来慢慢的,每年都有各军区来招文艺兵,

作者和父亲

那个时候能当上文艺兵是上上等的幸事，就像现在忽然"一夜成名"的感觉。最有名的是总政歌舞团、前线歌舞团、济南、广州等等的军区文工团，我们宣传队每年也会有一位女同学被挑选成为文艺兵，这让我很羡慕。但我一直没有机会，每次面试都不合格，说我腿太短，不符合舞蹈演员的身材标准，我很沮丧，好像总是条件不好，让我越来越不自信。

记得有一次，我非常要好的一位闺密被录取，当上了文艺兵，走得时候穿着军装很神气。而我也是一起去面试的，又被刷了下来，还是因为腿短，不符合舞蹈演员的身材。我觉得自己彻底没有希望了，腿短是天生的，后天无法加长，就等于宣判我和文艺兵无缘。回家后我躲在被子里哭，觉得自己很倒霉，为什么腿那么短。母亲知道后劝我说：没关系，再等等其它机会吧。可还有什么机会？腿不是靠努力就会变长的，在现实面前只有认了，心想将来去工厂当工人吧。

作者大学时期

　　高中毕业后，我已想好了，去杭州运输公司工作，那时不用下乡，去工厂工作也是不错的命运安排，母亲"下放"时，在杭州运输公司，工厂上下的人都比较熟，我进去也方便一些。当个工人吧，内心不情愿地想着。就在这个时候，全国大学开始招本科大学生了，"工农兵"保送上大学的时代结束了。我们应届毕业生可以选择自己想去的大学，想读的专业，成为一名真正的大学生，这让我兴奋不已。我该考什么大学？考什么专业？我想当演员就应该考戏剧学院或电影学院，但自己一直认为长得不好看，考电影学院没有信心。就想考上海戏剧学院吧，离杭州也近。我成天五迷三道地准备朗诵、舞蹈，想去上海考学，可家人认为考上戏的人太多，我长得又不好看很难考取，不如考个本地大学中文系，毕业后当个记者、作家，挺好。这个理由怎么可能说服我，我和家人约定先考上海戏剧学院，不行了再考中文系。父母也没办法只好随我了。

有了父母的许可，我进入了痴迷的准备阶段，不是强迫要求自己的，而是一种自觉地渴望。母亲给我在剧团里找了一位导演叔叔帮我辅导朗诵，这位叔叔找了一篇很有激情的讲述母亲的故事的小说让我朗读。我每天都认真地练，每每练到感人的地方，都会泪流满面。现在想来一个高中生朗读小说会流泪，而且是每次都流，也是件不容易的事，现在要我这样做，可能还做不到。当时我记得有一种很想打动别人，让别人跟我一起哭的冲动，这种感染力和带入感，可能是我与众不同的地方。这位叔叔跟我母亲说："不错，你女儿很有激情，很有感染力。"按现在的说法就是真情实感，打动别人。之前我腿短当不上舞蹈演员，成了内心的阴影，知道考戏剧学院没有这个要求，可我还是担心自己腿不够细长，怕要求做蹲的动作时，腿粗蹲不下去，如果为了这个再不被录取的话，我一定会疯了。于是我每天开始打羽毛球做减肥运动，就这样天天练朗诵，练舞蹈加唱歌。就这样一天天准备着，高考的时间，也在一天天逼近，我已没有任何害怕和犹豫，只有兴奋和向前的力量，完全忘记了和父母说考不取上戏回来考文科的约定，一人勇敢地坐着火车奔向我的福地——上海。

II

人生的
第一个拐点

让别人看见你

在上海戏剧学院读书的四年里，我让别人看见了我，找到了人生的第一把宝贵的钥匙。

一个傻傻的杭州女孩拿着大包小包的行李来到了连做梦都不敢想的高等戏剧学府学习，真是上帝给我的恩宠。年轻的幼稚有时真不是一件坏事，它能让你大胆的做梦并无所畏惧的实现梦想，因为你的酷爱，你就会直奔梦想而没有任何杂念。

在一、二年级时，大学生活并不是我想象得那么五光十色，可以说有些失望。我在班里表现非常一般。长相一般般，成绩一般般，专业一般般。也没有男孩子喜欢我，愿意和我多说说话。排戏时也只是被分配到一些不痛不痒的角色，老师好像也不怎么看重我，有一种老也不被重视的感觉，我经常在校园里无聊地走来走去，

电影《苦藏得恋情》剧照

14

没什么想法，也没什么目标。有时甚至觉得就这样在学校里待四年好像不是我想要的生活，我要被老师们看见，我要引人注目，我要变成一个有魅力的人。我想说：我在这里，请你们看见我！尽管内心在叫喊，可是不知道如何改变，不知道如何让别人看见你，也不可能知道。那时真是一个傻孩子，没事就坐在图书馆里看着窗外发呆。

就在大学三年级的时候，机会终于来到了我的面前。当时班里排演曹禺先生的《日出》，大家都知道《日出》中的陈白露是个绝顶美人，许多女演员都愿意争演陈白露。因为陈白露不光是女主角而且是曹禺先生笔下最被大家熟悉的人物，许多一流的女演员都因为演过她，而成为自己一个引以为豪的话题。如此棒的女主角自然不会落到我这个不起眼儿的人身上。老师决定我演《日出》中的顾八奶奶，一位胖胖的丑角，典型的大配角。可就是这个配角给我的人生带来了转机和变化，她给了一把钥匙开启了我独特的个性大门，让我知道了我的魅力和与众不同的地方，让别人看见了我，开始议论我。

当时我很胖，有130斤左右，班主任老师

作者生活照

话剧《日出》中饰演顾八奶奶

常对我说："你是女演员，怎么可以这么胖，没角色可演了"。可这个角色正好需要胖的演员，造型老师还让我穿两件加厚的胖袄，再穿上旗袍让自己的身体变得滚滚圆。眉毛处涂上厚厚的遮瑕膏，自己的两根浓黑的眉毛给遮没了，画上了一根极细的柳叶眉。再加上大红的嘴唇真是丑到了极点，又傻到了极点。对待这样的丑角，我化妆完后发现自己非常兴奋，兴奋之处在于，好像可以躲在别人的皮囊里肆无忌惮地表演另一个人生，我根本没有觉得丑角让我难堪，反而变得欣喜着迷。一上舞台就像天性得到彻底解放，在台上如鱼得水、游刃有余并陶醉在其中，超水平发挥的表演引来台下阵阵鼓掌。这种掌声就是我想要的感觉，就像小时候妈妈在台上，我在侧幕边看到的样子。演完后大家对陈白露的角色倒没什么大反映，而对顾八奶奶这个配角却非常喜欢，说："这么年轻的女孩扮演这么丑的角色，还不怕难为情真不错。"我终于听见别人在议论我了，很兴奋。这是我表演上第一次觉得自己开窍了，表演出彩了，专业的大门打开了。顾八奶奶的角色不光让我成功塑造了她，而且获得了一种被人看见的喜悦，一种让人知道你独特才能后的自信。我有和别人不同的才能，就可以得到自己想要的东西。本来每天在羊肠小道上无聊散步的我，忽然眼前的路变得宽广而笔直，路旁还有鲜花让我永往直前。还是大三的学生就朦胧知道这个道理是非常幸运的，可以开拓和别人不一样的人生道路。另外也让我知道，创作并不是只有一条路，可以抛弃固有观念（比如只有漂亮才能当演员），打开心灵的创作天窗，尽情想像尽情设计。你掌握了别人没有掌握的本领或者说你具备了别人没有具备的特点，那么你就有可能拿到别人拿不到的机会。在演完《日出》中的顾八奶奶之后我得到了又一个丑角的机会，而这个丑角更是个性化极强的角色，还是一个女主角。

话剧《物理学家》中饰演
玛蒂尔德·冯·参特博士小姐

这个女主角是迪伦马特的剧本《物理学家》中的疯人院的院长玛蒂尔德·冯·参特博士小姐。这是我们的毕业大戏，演参特博士小姐对于一个三年级的学生来说极具挑战性。参特博士小姐是位老太太而且是位精神病人，疯人院的院长是位精神病人无疑是极具讽刺性的一个戏。老师希望我给这个角色加一点特征使她不同一般。当时我才是个大学三年级的学生，不知道该如何找这个特征。有一天我去高安路上一位老导演家吃饭，这位60多岁的老导演是一位鳏夫，一直单身，生活有点怪癖。吃饭时我们面对面坐着，我发现他的头一直在无意识地微微摇动，现在知道这是许多老年人的特征，那时年轻只觉得很奇怪，突发奇想可以把这个动作用在角色上，作为角色的特征。第二天排练时，我加了摇头的动作，意外受到了老师的赞扬和肯定，并定下了人物的基调，一位驼背摇头的疯老太太。这小小独特的发现让我很有成就感，与众不同的表演又让我再一次获得了成功的喜悦。公演时，这位老导演也来看戏了，看完后跟我母亲说："你女儿是位天才！"母亲把原话告诉了我，我心里非常高兴，心想这个角色的成功应该感谢这位导演，如果那天没去他家吃饭，没有发现摇头的特征，那么这个角色又会是个什么样子？这是天性的驱使和自己的觉悟。

通过这个个性化主角的成功扮演，我顺利地留在了上海戏剧学院，作为全班唯一的一位留校的女生非常幸运。那时上海的影视事业发达兴旺，强过北京，留在上海就意味着有比别人更多的机会来展现自己的才华。毕业后我的事业非常顺利，站在一个非常好又非常大的平台上，机会自然会来找你，这对刚毕业的学生来说是非常重要的，因为这个平台会推着你向前走。现在想来，就是因为知道了自己的独特并把它作为

——访第九届飞
天奖最佳女配角
得主顾艳

"武器"才让自己被人看见，向梦想靠近了一大步，你的独特被人看见有多么的重要。

毕业后的十年，我演了很多电影、舞台戏和电视剧。有几个角色都是因为个性独特而获得了飞天奖、白玉兰奖和百合奖。

近几年，我在影视屏幕上也演过几个个性极强的角色。如，电视剧《娘》中的王嫂，电视剧《婆婆来了》中的王美嫦，电视剧《我的媳妇是女王》中的安琪儿。演员再有魅力，老是一个样子演自己，总有被人看厌的时候，如果每个角色都独具个性，观众一定会对你新的创造有所期待。

人可以不漂亮，但一定要发现自己的独特，独特是你不同于别人的最大"武器"，你如果把独特发挥到了极致，你就是万人丛中的那颗最耀眼的明星。

电视剧《时间都知道》中饰演方柔

电视剧《苦乐村官》中饰演王桂香

春风得意的10年

1980年到1990年应该说是春风得意的10年，因为《物理学家》中的表演被肯定，学院决定让我留在学院，为准备要办的实验话剧团储备人才。

20世纪80年代上海的影视界是黄金期，有实体、有资金、有人才，也出了很多好作品。我在这个10年中马不停蹄地拍电影、电视剧，演舞台戏。

1990年我参加了母校上戏的一个重要的大戏《白娘娘》，在戏中饰演白娘娘一角。这个故事大家都很熟悉，描写在杭州美丽的西子湖畔，一条白蛇变成的美丽仙女和世间凡人许仙发生的一段动人的爱情故事。白娘娘是仙女下凡扮演者，当然是需要一位美女演员，而我常演丑角，我不知道自己经过造型可以美丽到什么程度。这个戏聚集了上海最优秀的力量，碰到了天时、地利、人和，是最佳的时间出的作品，超过我们全体创作人员想象的成功和唯美，是大家心往一起聚，力往一起使的结果。我的白娘娘形象，在化妆造型师的努力下非常美丽，我欣喜地知道，原来自己可以扮极丑的角色，也可扮极美的角色。这两个极端我都可以享受，就像从五线谱的音程宽度上讲，一般人只有一个八度，我可以跨越2个八度，甚至更宽。那么，不光在专业上，在人生的内容上，是否也可以这样呢？不光停留在一个八度上，也许我需要体验和经历其它更多的事情丰富自己。

话剧《白娘娘》中饰演白娘娘

上海电视 5 1986

● 30台摄象机对准马拉松女将
● 首届中国莎士比亚戏剧节
● 层出不穷的香港电视连续剧
● 电视剧改革
● 狮身人面象 蔷薇海峡

「飞天奖」最佳女配角
顾艳

最新奉献

魂兮归来重作歌
呼声，回旋在绿色原野
归来的逃亡者
枪声在黎明时响起
"麦考尔"你怎么哭了

风流一代 ④

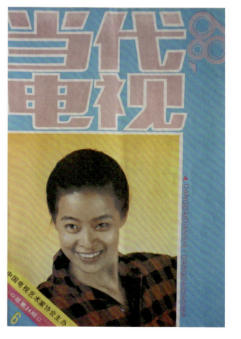

当代电视

DANGDAIDIANSHI · DANGDAIDIANSHI

中国电视艺术家协会主办
● 总第24期 ●
6

在《白娘娘》演出之前，我已因电视剧《家教》获得了电视剧"飞天奖最佳女配角奖"，《白娘娘》又获得了"白玉兰最佳女主角奖"，不但获了奖，杂志、报纸几乎隔三差五的就有我的消息，在拍什么戏或是刚拍完什么戏回来，我每天高兴地忙碌着，内心对这些成绩并不在乎，总觉得还是有一块角落不满足，还是有些不安。

我的内心告诉我，这条笔直的路似乎不该就这样一直走下去，我要向左或向右拐一下去学习新的东西，给自己创造新的机会。1990年，我人生的第二个拐点又到了。简单的说，就是不满足现状要开辟新天地。

20世纪80年代末90年代初，国内涌现出一波"出国热"，我们这个圈子很多人都出国留学，想去看看外面的世界。我也选择了出国之路，1991年春天，我放下了酷爱的演艺工作走上了出国求学的道路。

为什么会有如此大的决心，一个当然是为了追求新的知识，另一个我不想像老一辈老师们那样无奈地老去。

那是在大学毕业后没几年的一天，我

被邀去一位演员老师家吃饭，那时我才20几岁，这位老师大约40多岁，她很漂亮，是剧团的大青衣，演一些大美女的角色，我读书时经常看她的戏。她家住在上海老式的洋房里，厨房在1楼，客厅在2楼，我通过厨房正要往2楼走时，看见有个背影正在做菜。昏暗的厨房使我没能看清她的脸，以为是她家的阿姨。当她端菜上来时，让我很吃惊，她看上去很老，一点都没有前几年在台上的风采。我心想舞台上如此有光彩的她，怎么变得那么苍老。吃完饭后，我们一起聊天，我不好意思地问她："最近怎么没有演戏？"她说："年轻人的戏多了，年轻演员也多了，像你们这样都需要演戏的机会，我们的机会慢慢地少了"。我又接着问："那为什么不改行，做些其它什么事"？话说出后觉得有点不妥，我一个年轻演员怎么能问老师这样的话。"演员除了演戏，什么也做不了"，她微笑地回答我。原来是这样，我恍然大悟，年轻正处在光环中的演员，怎么会知道中年演员这些不被人知的痛苦，就像年轻人永远觉得"死亡"这个词和自己是没有关系是一样的。这位美丽老师的背影及我和她的对话已经过去30多年了，但仍在我脑中像电影一样保存着。这也许是我心底对这份工作深深的不安，以及还有些不满足的地方，我的将来不能像这位老师那样，人生的火花就闪了那么一瞬间，接下来便在长时间的等待中老去，所以我决心还要去寻找另外一个自己，不是演员的自己。

1991年，当我一边拿着出国签证，一边也拿到了电视剧本《上海一家人》中的角色，是留在国内继续拍戏还是出国留学？真的很难决断，很难取舍。这种选择是需要勇气但又不能考虑太多，考虑太多，这步也许就跨不出去了。我打电话给《上海一家人》的李莉导演，想听听她的

建议，李莉导演说："很遗憾在这个时候你拿到了签证，不过拿到签证不容易，就出国吧"。当时拿签证是很不容易的事，多少人都期盼着手里有签证，无论去哪个国家，都想出去看世界，李莉导演好像是在背后推了我一把，让我毫不犹豫地选择出国留学。我从一种集体意识转变到个人意识，这种转变是需要勇气的，因为年轻，所以无所畏惧。

一切从了解自己开始

　　任何的改变都需要从了解自己开始。如果一直想做一件事就不要委屈自己，只要不伤害别人就应该去尝试。出国前我有非常好的职业，有一份很好的收入，还在高等院校工作，又可以教表演，又可以当演员应该是可以满足了。可这些理论上的理由说服不了自己，我仍不满足，那就随从心愿满足自己善良的野心吧！有些人很难在世人认为不错的生活中得到满足，他们认为那种生活只是浪费自己的人生，他们要展示自己不平凡的价值，要活出最精彩的自己，这又有什么不好呢？人生只有一次，怎么能辜负！趁自己还年轻，让自己善良的野心膨胀吧，然后为膨胀的野心去不断地努力。只有知道自己不喜欢世俗的平凡，想挑战世间的普世价值，才能有勇气拒绝平凡，在努力中看见越来越满意的自己。过去总认为年轻人不安分，好好的工作换来换去，现在想来这没有什么不好，年轻是他们的本钱，他们可以在这样的变换中找到更好的自己。

　　知道自己的挑战度数非常重要（或者说野心），挑战度数有三部分组成，首先是不容易满足现状，总想找些新的事物尝试，有极强的表现欲。其次一种渴求被承认的欲望和天生自己的身体能量。每一个人天生的欲望度数是不同的，想挑战自己的欲望也是不同的。有20度，有80度。比如20度

作者生活照

的女人可以做家庭主妇，主内管好家事，她们不愿意有太大的变化，如果丈夫的事业有成，儿子又有出息，全家平平安安就是她们最大的满足和欣慰。而显示欲80度的女人，只做家庭主妇是满足不了她们的，她们要向社会进军成为被瞩目的人士，显示自己的能力得到大家的承认，在赞扬声中满足自己的显示欲。年青时就要了解自己，是非常重要的，有些人到了中年一切都尘埃落定了，才觉得不满意现在的生活时，就会留下遗憾。知道自己的性格和想要的东西，不要放弃，随着内心往前走去，追随一个不后悔的自己。

心情

　　平和的满足中带着一点点的期待，什么且能放下，什么又在期待，再不期待好高骛远的东西，而是一点点的念想。从这里到那里的移动，决定挑战后的小小的兴奋。任何的事物都是正常，所有的相遇都不是偶然，对自己不再苛求，放下了执着，多了快乐，从中再让自己保持一些热情，纯真和追求。

作者生活照

III

人生的
第二个拐点

只想做自己

人生的第二个拐点是让我放弃了自己最热爱的工作，去追逐自己也说不清的东西，也许是爱情、家庭和没有得到过的生活。不想再做演员的顾艳而想做一个真正意义上的自己。我东渡日本开始了人生重要的留学生活。

作者生活照

在日本留学的每一天都很兴奋，对一切事物都很新鲜。在日本没有人知道你是演员，你无须对任何人戒备。你可以再也不用担心有没有戏和导演来找你，也不需要过大半年在外地的片场生活，可以非常放松地过自己的日子，一个全新的生活开始了。到了日本首先是进语言学校，一个班里有来自各个不同国家的留学生，因为语言不通，我们用手势加些英语，再加些正在学的日语聊天欢笑，我是演员，所以在上课时总会闹些笑话，让课堂的气氛变得轻松快乐。下课后就去逛街，看日本的时尚，走街穿巷了解自己从来不曾知道的事情。那个时候自己能去商店买些东西都有成就感，觉得自己了不起，能在不同的国家过日子。记得有一次想去买肉，丈夫去上班了，我一个人试着出门，一出门就告诉自己，要记着出门先往左拐，然后又往右拐了，怕自己回来找不到归路就糟糕了。那时没有手机，也不会打公用电话很紧张，找到了一家小小的肉店，和老板娘比划了半天才成功地买到了一块肉，非常兴奋，觉得自己这一天有很大的进步。现在说起来好像很好笑，可20世纪80年代末我们对国外的情况一点也不了解，国内一切都还落后，这种挑战对一个出国的女演员来讲是很不容易的事情。挑战给我带来了欣喜，每天都觉得太阳很温暖，生活很充实，因为你在经历许多没有经历过的事情，激发了新的荷尔蒙，等待新事情发生。因为丈夫在日本已有了很好的基础，所以我没有打工。我虽然没有打工，却干了一件超出我能力的事，来了一次"大挑战"，下海经商创立了自己的童装品牌。

作者生活照

我的两个孩子

我从小就爱服饰，关心时尚。上学的年代信息闭锁，很少了解到时尚信息，也不知道什么叫时尚，只是爱美。逢年或暑假从上海回杭州时，总是穿着让家里人吃惊的衣服，印象最深的一次是，穿着一套粉红色的衣服、裤子，连鞋子、包都是粉色的。回到家，家里人吃了一惊，说我总喜欢打扮得引人注目。我自己感觉从上海戏剧学院回来的学生就该与众不同、被人注目。因为爱美，在拍戏的同时，无数次地想改行当服装设计师，利用业余时间还去学过裁剪。

当遇见我丈夫后，在他的引导下我经历了下海经商的拼搏。35岁那年创立了自己的童装品牌"多么秀"，它就像我的第一个孩子。"多么秀"在20世纪90年代中期做得很火，上海、江浙一带的顾客也许对这个品牌还有印象，如果现在是20岁左右的青年人，尤其是女孩子也许还穿过这个牌子的衣服，我们牌子的女童公主裙很有特色。

为了这个孩子（多么秀），真的是经历了许多的人生历练。我一个正走红的女演员转身经商，不知流过多少眼泪。记得刚开始要在上海找一个办事处，朋友给我推荐了一个办公室，我着急前去联系时，得知已被别人租走了，其实这并不是什么大不了的事，再找合适的就行了，

作者和儿子

可那时我哪里经受得了这种考验，觉得天都要塌下来了，当场就哭了。演员都是别人安排好了一切，然后等你上台表演，现在好了，台还要自己搭。可我知道，尽管哭但不能退缩，我必须要坚强。我从设计，进面料，生产，进商场，设专柜，一步一步地哭着往前走。在上海东方商厦、浦东八佰伴、杭州银泰百货、宁波华联商厦等等大商场都设有专柜。那时真是马不停蹄地忙工作，忙到要吐血。

"多么秀"品牌和儿子是同时诞生的，就像两个孩子同时怀孕、同时要孕育他们成长。怀着孩子还要做品牌真的是很忙，永远有电话找你，无论你在世界的任何角落，永远有营业指标追着你。后来孩子先兆性流产，那时我已经36岁了，我想这次一定是我最后怀孕生孩子的机会了，我决定静养保胎。我躺在床上仍然用电话、传真不停地联系工作，胎儿3个月之后慢慢进入了安定期，我又开始了公司、工厂、商店的奔跑。就这样儿子非

作者和丈夫、儿子

常顺利地来到了这个世上，来到了我们的身边。儿子三岁开始就成了"多么秀"品牌的广告模特儿，他很可爱也很乖。记得有一次我骂他时，他对我说："你再说我不好，我就不做模特儿了"，我一下子就笑了出来，赶紧求饶："妈妈不再骂你了，你一定不可以不工作噢"。我经常要去商店，无论去哪个商店总是带着儿子，儿子那时还小，老坐在我的身边一动不动地听我和商场经理谈事，不管谈多久他都不吭声，不闹也不下地乱走。记得有一次，和上海东方商厦童装部经理谈工作谈了很长时间，到结尾时，经理跟我说："顾小姐，你儿子真听话，那么长时间，他一点都不闹"。每当这时候我才想起儿子在我身边。只要出了办公室门，我都会好好抱抱他说："对不起，妈妈太忙了，谢谢你陪妈妈"。不管去哪里出差，我都会带着他，独自一人去商店谈这些商业上的事太难了，不是我的强项，似乎带着儿子就能让自己变得坚强一些。后来我慢慢明白，喜欢服饰不一定就适合经营服饰，经商是一门专门的学问，有许多要学的知识。

创建"多么秀"10年，虽然品牌打得很响，但我内心一直在矛盾是不是要继续做下去，常被销售额追在屁股后面心神不安，我开始惧怕经营，惧怕去商店柜台，害怕别人说，"他们家的营业额比你们好"。在商场上，除了痛苦就是焦虑，我一直纠结这条路是不是我该走的路，那个时候真的不开心，我也问过许多朋友，我该怎么办？别人无法给你答案，别人不知道你的痛苦在哪里，因为这个品牌做得还不错，按一般道理是应该坚持才对。但经商不是我想做的事，商场更不是我要待的地方。我又想起放弃了10年的表演事业，我更愿意在舞台上、银屏前工作，那儿更应该是我待的地方，我站在舞台上充满自信，有幸福感。我问自己：如果这辈子

作者和母亲、儿子在日本

你放弃经营品牌的工作会后悔吗？如果这辈子你不再做演员又会后悔吗？这样的质问让我一下子就明白了究竟该如何决定。我放弃了创建了10年的"多么秀"品牌，又重新开始了演艺工作。虽然很可惜，但鱼和熊掌不能兼得。我知道那时虽然风行下海创业，很多朋友都去做生意，想当企业家，但不合适我，不是我要走的路。如果这件事在人生中没有给你带来快乐，那肯定不是正确的事。在我45岁的时候，又做了一次放弃的选择，并知道在人生道路上有时应该放弃，放弃并不都是坏事，它让你重新审视自己，知道自己真正的热爱，让心灵得到解放，做回想要的自己。

我的月子生活

1993年的春天，儿子诞生了，在国内坐月子是非常讲究的一件事，有许多的规矩。母亲生弟弟时，坐月子的样子让我印象很深。母亲是在苏州奶奶家坐的月子，7月最热的天，没有空调，窗也不敢开，也不敢睡凉席，还垫着薄薄的棉毯，说是碰凉的东西或被风吹后会落病。母亲几乎没有起床，没有刷牙，更不要说洗澡洗头了，在床上躺了整整一个月。奶奶经常为母亲做很鲜的草鸡汤，我在旁边看着鸡汤直流口水，可我不能喝，要等母亲喝完我才能尝鲜，因为那汤是要发奶的。真了不起，母亲三伏天就那么躺了一个月，坐完月子后，母亲的身体确实一直很好。

我生儿子是在日本和母亲完全不同，听说日本古时候也有坐月子的说法，可慢慢随着时代的变化，坐月子的方法也发生了很大的变化。首先在卫生和运动两方面完全改变了过去的习惯。生下儿子的第二天就开始忙了，先是洗澡、洗头、刷牙，和平时一样要注意卫生。其次慢慢地开始活动，产后第二天就让你上楼去听课，教你如何按摩乳房，让奶水畅通流出，如何喂奶给婴儿洗澡等等。在医院住着的一周里，不断地给你安排一些事教你一些育儿知识。总之，月子不是病，不该卧床，应该保持身体清洁和身心健康，一周的住院生活很充实，学到了许多做新妈妈的知识。

母亲在我生完孩子后，拿到了签证赶来日本替我照顾孩子。她来之前了解了很多发奶的菜谱，想做各种发奶的汤来助我一臂之力。谁想日本发奶的食材很少，一般的超市连一只完整的鸡也买不到，因为饮食习惯不同，日本把整只鸡分成部分卖。比如鸡腿就是鸡腿，鸡胸肉就全是鸡胸肉，便于大家买回去只要稍许切切就可烹饪了。母亲想炖一只草鸡汤的愿望很难实现。最后就用猪脚爪煮黄豆汤来发奶，每天喝，喝到看见猪脚爪就想吐，一个月子母亲都在抱怨连发奶的汤都做不成，很自责。

母　亲

母亲是一位演员，50年代开始就一直在浙江省话剧团演话剧，也是剧团的台柱子，那时称舞台演员。演过曹禺先生的《日出》，扮演女主角陈白露及不少戏里中的主角。从上世纪80年代开始，也拍了很多的电视剧，最被观众记住的是87版的《红楼梦》，在《红楼梦》中饰演宝玉的妈妈王夫人。我的职业选择应该是受母亲的影响，可能也是遗传的关系。在书的开始我也说过，从小的出生环境、成长环境可以影响人的一生。

在上戏读书时，每次的汇报演出，只要母亲有时间，都会从杭州坐火车来上海看我的演出，也是检验一下女儿的学习情况。毕业后我们各忙各的，全国东南西北的跑，很少见面，只有春节我可以回家住上几天。记得1988年的《大众电视》上登过一篇文章，《两地书——致母亲周贤珍》。最近我又翻开看了一下，那时我才大学毕业不久，母亲也很年轻，现在翻出来看，还有些难为情。

作者和母亲、父亲、弟弟

电影《苦藏的恋情》中饰演月芳

《两地书》中写道:

妈妈,今年一年实在太忙,我马不停蹄地拍戏,连回家看你们的时间都没有,你信中说和爸爸一起看了我演的电影《苦藏的恋情》,激动地想打个长途电话来祝贺我,看到这里我心里很甜蜜。妈妈,你们看着我一部戏接一部戏地拍,一个角色接一个角色地演,一封信又一封信地鼓励我,上映后又为我高兴。今天也让我来为您祝福一下吧,我看了电视剧《红楼梦》的播放,每当听到观众赞扬时总是自得其乐,心想妈妈真行!

艳

于云南丽江,1987年

以下节选自母亲的回信:

看了你的信，我们觉得你在成长。我们看了电影《苦藏的恋情》，觉得你在月芳的人物上下了功夫，你爱这个角色才会有今天的收获，我们为你的进取精神而高兴。你信上还问我，我是一位舞台演员，现在拍电视剧是如何适应的？我在《红楼梦》拍摄中一开始很不适应，也遇到过许多有趣的事。比如在拍傻大姐拾到绣春囊后，王夫人责问王熙凤的一段戏，我用"气极了"来责问她，当时导演王扶林打断了拍摄，他说："你太精干了，像个女干部，王夫人是软弱无能的人，发生这种丑事她不知如何是好"。又说："绣春囊事件后，贾家急速败落，要从总的规定情景去刻画王夫人的个性"。我顿时茅塞顿开，随着导演一声"准备，开始"，在这几秒钟内，我除了消化导演阐述，抓准了王夫人的心态，还要有符合王夫人的细致的外在表现，我只能即兴表演了，我手足无措地断断续续地说着台词，慢慢地眼眶里涌出泪水，用手轻轻地揉了几下胸口——镜头通过了。在《红楼梦》剧组我学到了很多东西，是宝贵的人生体验……

那时没有其它的通信方法，连电话也不是家家都有，尤其我们在外地拍戏的，更是半年无法和家人联系，只有通过写信来沟通一下，问问冷暖。母女俩人的职业是相同的家庭应该不会很多，我们家都是干一行，有利也有弊，利是可以不断切磋，弊是除了演戏，很多生活常识都不知道，生活面也较狭窄。不过母亲总是"过来人"，可以从她那儿得到很多生活专业上的启示，也很有"天聊"，没事也会聊聊圈内的八卦。

"王夫人"选角

在"文化大革命"中，母亲被下放在杭州运输段做工人，到了后期，"下放"的剧团同志们一起编排了一个小型话剧《乡村小站》，演出后反响很好。中央电视台来杭州录这个戏时，母亲扮演剧中的女主角，《红楼梦》的王扶林导演是录制《乡村小站》的导演，就这样，这是《红楼梦》开拍之前母亲和王导的第一次接触。

不久听说《红楼梦》在筹拍中，有一个角色是香菱的妈妈，想邀母亲去演，虽然戏很少，但母亲也很愿意。因为当时母亲一直演舞台戏，从来没拍过影视，再加上又是《红楼梦》，虽然角色很小，但真的很愿意去尝试。可事与愿违，那个角色选用了别的演员，当时母亲觉得很遗憾，一次挑战影视的机会失去了。可事物常有起承转合、出人意料的转机，又过了一段时间，母亲忽然接到了王扶林导演的来信，说想让母亲正式出山去北京办学习班，饰演《红楼梦》中的王夫人，就这样王夫人的角色成了母亲一生中留给观众印象最深的角色。

说到演员与角色的关系，就像人们常说的是你的就是你的，别人抢不走，不是你的，给了你也会被拿走。

我在接受《婆婆来了》的电视剧王美嫦一角时也是这样，在拍摄《娘》的后期接到了《婆婆来了》的剧本，当时《娘》拍了很长时间，身心都很累，想休息一下便婉言谢绝了。后来剧组也在找演员，紧锣密鼓地准备拍摄，我也就再没把这事放在心上。可过了几个月后，听说《婆婆来了》还没有开拍，连演员都还没有完全确定。我又联系了梁山导演，再一次全力争取，结果这个机会还是落在了我的身上。

　　演员和角色的关系很微妙，你能不能演这个角色有许多时候不是靠努力，而是冥冥之中有一种注定，特别是那种演得很成功被人喜欢的角色。多半都能听到：本来这个角色不是我演的，后来因为XX原因，或者是导演会说，这个戏一看剧本我就想到由他（她）来扮演的故事，可能这就是演员和角色的缘分。

电视剧《婆婆来了》中饰演王美嫦

安静的生活

母亲来日本帮我带孩子，真是解决了我的大难题，在国外没有像国内那样，容易找到求助的人，就会有很多的焦虑。对于生头胎的我真的不是一件容易的事。母亲来后，起码有个说话商量的人，心里踏实，胆也壮了。日本的生活很安静，尤其是下午3点以前，只要孩子们没放学，基本上是听不见吵闹声的。母亲常问我："日本人都去哪里了？"除了那些公共场所，商业街市中心外，一般的住宅区确实安静，有些时间段很少见到人。

在日本，白天男人上班自然都在公司里，主妇们也很少有人没事出来闲逛。早上是妈妈们最忙的时候，做早饭、做便当、送孩子去上学、收拾房子、洗衣服。到了下午，有时去上个兴趣班，做做公益活动，中午会会女友，到了下午就要去超市买菜或去接孩子，然后会在公园陪孩子玩一下就要准备做晚饭了，她们很少没事在街上瞎逛，总会在家里找些事情做。比如做点手工的布艺，上上网学点什么，去健身房等等。不是市中心的商业地带，确实很少看见悠闲的人。

"不要麻烦别人或者不要打扰到别人"是日本人常挂在嘴边的一句话。因此在公共场合很少有人大声说话，在餐厅、商店、地铁、公车上基本都听不到大声喧哗，大家都怕自己的声音打扰到别人，使他人感到不快都很自律。可对我们中国人来说，是很不习惯的一件事，甚至有种窒息感。记得有了儿子后，我必须要学开车，不会开车在国外很不方便，出租车相对来讲还是挺贵的。考驾照最后的笔试，我记得最清楚，走进教室已坐满了人，在等待开考，屋子里都是人却没有一点声音。大家都坐在自己的位置上，不是在看书就是在发呆，我也悄悄地找了个空位子坐下，我很不习惯这种安静好像要把人逼疯了。我想说："我很紧张！我的心都跳到嗓子眼儿了，你们不紧张吗？你们为什么不说话？"真的受不了这种要窒息的安静和每个人都坚守规矩的样子。

有一次丈夫在电话中说："地震了，感觉房子摇得很厉害"，我正在国内拍戏没法感到高层建筑那种摇晃的恐惧。我便担心地问丈夫："那你跑出去了吗？"丈夫说："没有，没有一个人因为地震的摇晃而开门出来东张西望或惊慌逃跑的，整个小区就像什么事也没发生一样的安静"。我真觉得很好奇，他们总是这样冷静和有控制力，绝不会用自己的骚动行为来打扰别人。只要打扰到别人，不管自己处在什么样的情绪下都会很客气地对你说："对不起！"这种极强的忍耐力，不愿失控的自制力，让我敬佩，也觉得自己做不到，也会想他们为什么不放松一些，这么自律好像也有些可怜。也许这就是环境和文化的不同，他们的释放都是在酒巴、居酒屋或一些风俗场所。

除了"安静"，还有"干净"也是我到日本后最大的感受，其它一些先进国家有干净的地方但也有很脏的区域，日本几乎没有。无论你去再偏远的乡村都很干净，也许比都市更干净。其它不说，就说丢垃圾的小事也让我学习了很久，刚到日本最害怕的是垃圾的处理，是一门要从头学起的事。

在日本垃圾分四种，一种是可燃垃圾（生垃圾），这种垃圾顾名思义是易燃垃圾，包括菜叶子、瓜果皮、剩菜、纸等。第二种是可回收垃圾，即可再利用的垃圾，包括包装用的塑料材料、塑料饮料瓶等。第三种是不可燃垃圾，也就是瓶瓶罐罐，无法用一般的火燃绕的。第四种是粗大垃圾，这类是些小家具，电视机则属于偏家具类比较大的垃圾。日本的垃圾袋也是分颜色的，我住的地区可燃垃圾是绿色的，可回收垃圾是红色的，不可燃垃圾是蓝色的。每周有二天收集可燃垃圾，一天收集可回收垃圾，一天是不可燃垃圾（也有公寓楼随时都可拿出去，不受时间限制）。每个家庭的主妇对丢垃圾的日子记得非常清楚，这是做主妇基本中的基本。她们会把瓶瓶罐罐用水冲洗干净然后放进垃圾袋里，这样拿出去的垃圾就不会有臭味。一到早上每家的主妇都拿着这天该拿出去的垃圾堆放到垃圾收集场，然后9点左右就会有垃圾车来把垃圾收走。有些公寓楼有垃圾房，每天打扫得干干净净闻不到垃圾的臭味。

在家中主妇们把处理垃圾当做一件很重要的工作来做，当新的住户搬进公寓时，都会拿到一份垃圾分类表和提出垃圾时间表，大家都非常认真地按表上规定的做，这是一位有教养的主妇的最起码的工作，连垃圾都不会很好处理的主妇是很羞耻的，她们对垃圾处理的认真态度，真让我敬佩。

再说说家长带孩子出去玩时，总会放个塑料袋在包里，外出时一家人吃东西后的垃圾都会放在自备的塑料袋里拿回家而不是丢在外面，更不可能随地乱扔，这已成了习惯，自己的垃圾自己处理，不麻烦别人。我觉得这种做法非常适合环保也很体现教养。

从小小的处理垃圾上，我就学到了很多，学到了垃圾的性质分类，学到了垃圾的循环和如何再利用。一个国家对待垃圾处理的态度取决于这个国家的国民素质，取决于这个国家的卫生健康程度和文明富有的程度。

家庭的财务权

我对日本家庭的财务权有点兴趣，慢慢也了解了一些。一般传统家庭的情况，家里一儿一女或更多些孩子，丈夫在公司上班，妻子在家照顾孩子，做好照顾丈夫和孩子的家事。一个家庭的资产如何处置和管理，对整个家庭的和谐非常重要。看上去妻子在家做主妇，其实妻子是绝对有财政大权的。丈夫上班的公司会把每月的工资汇到妻子的账户上，家里的开支由妻子主管，丈夫是从妻子那儿拿零花钱，每个月有多少零花钱也是夫妻商量后决定的，发奖金时自己可以留一些自由运用（这里指一般的公司职员）。中餐为了节约开销，也是妻子做好便当让丈夫带去公司吃。有些年轻的妻子想方设法把便当做得可爱一些，在公司吃饭时被人羡慕，称作"爱妻便当"，也有幸福的一面。想起我儿子在读小学、初中时，我也每天给儿子做便当，估计是不好吃或者是不美观，到了高中儿子不要我做了，说自己在学校的咖啡厅吃，我虽然心里有些失落但减轻了心理负担，觉得终于解放了。日本的家庭一般都只靠丈夫一个人的工资收入维持生活，还要存钱给孩子读大学，真不是一件容易的事，不靠妻子精打细算是无法把日子过好的。不过夫妻俩都是为一个共同目标在奋斗，也是一件幸福的事。不富有但有天伦之乐，看着孩子长大有成就感。当然如果丈夫是老板会赚钱，那就是另外一回事了，丈夫会给妻子足够的养家生活费，自己也会控制一部分钱。

我觉得一般上班族的男人比较可怜，特别是中老年后，如果和老婆关系好，还会有个幸福的晚年，如果关系不好，那就是悲惨的晚年。有一个日本朋友，之前自己什么都没觉察，直到回家才发现，妻子把所有物品和家里的钱都卷走了，只剩下他孤苦伶仃一个人。在日本，中老年的男人有极强的依赖妻子的习惯，无论是家里管钱上，生活的各方面，没有妻子就找不到方向了，而妻子变得越来越强，很多家庭从财政到行政都是妻子说了算。

作者一家人

平时的感动

　　一次去日本一个偏僻的小城市，一群小学生放学在横穿马路。他们把手举得高高的，意思是告诉来往的车辆，我们要穿马路了。在日本，除了绿灯可以通行外，孩子们还会把小手举得高高的，表示我们在过马路（从小父母和幼儿园老师教的），即便在小街小巷没有红绿灯的地方，孩子们只要举手告知，开车的人都会主动停下，让孩子安全通过。经常可以看见幼儿园或小学的老师带着一群孩子上学或下课或外出，孩子们戴着小黄帽（黄帽既是引起别人的注意又是安全的标识），背着小包包，相互搀着手，另一只手高高地举起，说说笑笑地过马路，这已成为日本过马路的一道风景。可我碰到的那次更感动，当一群中学生穿过马路后，集体返身向让他们过马路的车辆脱帽鞠躬，等车子开走后再有说有笑地离去。只是小小的一个脱帽鞠躬的动作，我的心一下子有一种被融化的感觉，是什么样的教育使孩子们变得这样善良和有礼貌。后来在一次电视报道中看到记者采访过他们，记者问这些孩子："是学校老师教的吗？"他们说："没有教，只是看高年级同学这样做，我们也这样做的。"这种传承真让人敬佩，不用言传只需身教，这就是好的环境，好的社会风气。我想只有在好的环境中，在文明的社会里，才能看到平时点点滴滴的感动。在日本，"人"和"生命"永远是最重要的。

作者和儿子小时候

随缘生活

在日本居住了多年，觉得日本女人的生活比较随缘。她们比较懂得感恩、感恩现状带给她们的平凡生活。

结婚后，很多女性选择在家带孩子，她们带孩子很专心，很少让自己的父母帮着带，等孩子进幼儿园了，会去周围的超市或合适自己的地方打几小时零工，补助家用。

她们既然结了婚，就会专心把家照顾好，有了孩子，也会专心把孩子带好，用自己的能力，去做好人生每个阶段的工作。

"随缘"的人生也是一种不错的选择。接受命运给自己的一切，并把它们计划得最好，一路走着，没有嫉妒、没有羡慕、没有抱怨。到后来你伸出手指算一算，会发现命运其实给了你很多很多。

大女优

日本称女演员为"女优","大女优"就是大演员的意思。我作为演员，看日本的女演员很敬佩，她们不光是漂亮，而是那种气质魅力，让人望尘莫及。她们给外界的感觉谦和，温柔，似乎没有世间的俗气，而且不张扬。

没出国之前，只听说日本漂亮的女人都在银屏上，出国后才知道，没有丑女人，只有没有美感的女人。日本女性有种凛凛之美，这是日本文化中固有的一种"凛美"或者叫"凄美"。比如白色和黑色，我个人认为是日本人比较喜欢的颜色。他们办喜事或办殇事都是穿黑色的制服，只是办喜事时，男人佩戴白色的领带，女人在小配件上、首饰上也用白色，而办殇事时就全部是黑的来区别。这种白黑的感觉就有种"凛美"感。

日本一位女演员川岛なお美，54岁患癌症去世了。她最成功的作品是扮演电视剧《失乐园》中的女主角（不是电影，电影版《失乐园》是由另一位演员主演）。她的去世引起了人们的许多话题。一开始外界知道她得了肝内胆管癌，做了手术以后，重新复归开始了工作。一年后接受记者采访时，她的样子真的是让人吃惊，瘦得皮包骨头，脸上两个巴掌的肉都没了，两只眼深深地抠了进去，只看见白白的牙齿。看到这种外形，一定会觉得病情发展已很不乐观了，应该好好治疗不要再工作了。但在接受采访时，她仍是微笑冷静地对着镜头说："谢谢大家对我的关心，不用担心，我很好，现在正要上舞台是最需要体力的时候，我会加油的"。采访后没两天，就报道她无法再坚持参加舞台演出，又被送进了医院，十几天后就报道了她去世的消息。日本的演艺界许多名人都是坚持到生命的最后还在工作，或还想养好身体，再次复出。一开始我真的不理解为什么日本人如此拼命，拿自己的生命去赌自己的事业，既然知道自己患上癌症就应该放下全部工作专心治疗，和家人在一起享受些人间乐趣，为什么还一直惦念想要复出。后来陆续看了许多对她的报道才慢慢理解她。当她知道自己是肝内胆管癌时，已是晚期了，按医生的说法只有一年的生存时间。在这种情况下她选择不治疗，也不接受化疗，而是让病情自然发展。这种选择，不知道内心需要多么强大才能做到。并且她要终身以女演员的状态结束自己的生命，而不是以一般的女性。她对丈夫说，她想要死在舞台上，临死前决不给别人添麻烦。自己选择自己的归宿是普遍日本人的观念。活着时不连累别人，死别时更要死得干净。

川岛なお美说："我是女演员，所以不会让别人看到我的眼泪"。临去世之前仍是冷静温雅地微笑着，虽然我已觉得她是强颜微笑，但她还是遵守着自己的选择，绝不妥协。这种内心坚强冷静的一面，真让人佩服。

在追悼会上，倍赏千惠子代表大家致悼词，在悼词中说道："我很敬佩川岛なお美，她始终贯彻着自己致死视为女优的生活方式来选择并决定如何结束人生，我真的很敬重她"。别看日本女人外表有些谦弱，其实非常强大，她们只做自己，是最强大的。

第二位日本的大女优是（老牌演员）岸惠子，她年轻时很漂亮，红极一时，演过许多电影。她演的电影《细雪》里面，都是那个时代红极一时的漂亮女星，看过她们才会明白什么叫"大女优"，高雅的气质是天生的，很难模仿。后来她嫁给了法国导演，移居法国。然后又成为小说作家。今年她已有88岁了，虽然身体常有不适，但至今仍在舞台上演一个人的朗读剧，朗读的内容是她自己写的爱情浪漫小说。她是那种要把自己燃烧尽后离世的女性。她说："决不让自己闲着，忙到没有时间变老"。这也许就是她充满活力和保持美貌的秘诀。她还说："人的年龄自己可以决定，自己觉得是几岁就是几岁，我总把自己的实际年龄打7折，认为是现在的年龄"。别不相信，我也这样试过，打7折后的年龄，你会觉得是你现在最喜欢的年龄，顿时你会活跃起来，好像年轻的血液在你体内流淌。这是一种很好的心理暗示，她在这种很好的心理暗示中，真的看上去就是这个年龄，不变的发型，保持和年轻时一样的笑容和身材，穿得仍很时髦，像过去的好莱坞明星。她说的很对，自己的年龄取决于自己。

第三位大演员可能大家都很熟，名叫树木希林。这是一位极个性派的演员，包括她的私生活。最早听她在采访节目中说："结婚没多久和丈夫在一起时，就会有要杀了他的念头。"她觉得危险，和丈夫说出了自己的念头并提出两人分居生活，一分居就是几十年，也不离婚。我当时听她说这一点很吃惊，心想这样遵从自己内心感受，不委屈自己的人，真的没听说过。然后在影片宣传时，她又说："癌细胞已在自己全身扩散，随时离世都是可能的"。她说这些时面带微笑，像是在开玩笑说别人的事情。我根本不相信她的话，觉得为何她要和自己开这样的玩笑。再后来她不停地拍电影，她的魅力是一种自然个性，无人可取代，有种用语言无法表达的独特光环。即便是再美丽的女孩和她在一起演戏，你的注意力一定会被她吸引。最后确如她自己说的，癌细胞在更进一步扩散，当她演完最后一部电影后，没多久就去世了。她参与拍摄的《小偷家族》还获得了戛纳国际电影节大奖。在去世前她说："要以我喜欢的样子离去。"她去世后第二年，丈夫内田裕也随即也离开了人世，人们说他们心里也许很相爱。

这些女演员都有着别人无法超越的强大内心，我想这种强大一定不是天生就有的，一定是在别人无法经历和体验的人生痛苦中修炼出来的，我从她们身上学到了演员这个职业更深层的东西，学到了演员的灵魂。演员不光是在扮演角色，演绎别人的生活，更主要的是在演绎自己的人生和寻找自己真正的灵魂。

到日本后，我一直在学习日本演员的精神，他们真的是敬业而平和。演员到最后展现的不是演技，而是胸怀、境界和品德。

美丽女人

　　女人不要让自己肆无忌惮，从头到脚、姿态、说话、走路都要有所控制。就算不相信每个年龄段都有它的美，也应努力去试试。我相信并努力地尝试着，美丽不只属于年轻，属于聪明的女人。最好的状态是不做作，很自然，不张扬，但引人注目。

　　女人是花，只要在意，定会精彩怒放！

作者生活照

IV

人生的
第三个拐点

困惑的我

人生第三个拐点是我最纠结、最没有方向的人生挣扎阶段，那是我40岁的时候。俗话说"四十而不惑"，我是"四十而大惑"。就像在人生的十字路口，何去何从不知道，再也找不到以前的那种兴奋，那种内心的充实感，是人生最迷茫、最低落的时期。40岁是女人一个坎儿，是非常重要的时期，从心理到生理都在起着变化。

我在这个时候决定放弃辛苦创办10年的品牌"多么秀"，本来一直是日本、中国两边跑，这时因为丈夫的工作原因，我又回到了上海。回上海后，品牌不做了，又该做什么？时隔十年回来的我，以前一直很忙，一下子变成了一个闲人，早上起来就觉得没事可做，只能安排会会朋友。很多朋友见到我就说："不应该出国，要是留在国内拍戏，一定比现在更好，一定赚了很多钱。"我真的很纳闷，为什么所有的好坏都要以赚钱来衡量？对于这个说法，我思考了很长时间，人们常会做很多的假设，包括自己，如果你没有出国，可能比现在更好，如果你没有出国，可能比现在更有钱等等。可遗憾的是，人生的全部内容不只是赚钱，人生还有更宝贵的经历体验和见识成长是不能用钱来衡量的。再则人生没有"如果"，因为没有"如果"，人们才会有这样那样的假设。反过来说，如果当时你有出国的机会而没能出国，你又会有许多的"如果"。后来我告诉自己，不管你出国了，还是没出国，你现在回国了，还是没有回国都不重要，重要的是你现在应该做什么。

我应该做什么？一直是我考虑的事，最后还是决定做我的本行，继续做演员，可这个时候回来的我想重操旧业，并不是一件容易的事。从上世纪1991年出国到2000年再回国，国内形势发生了翻天覆地的变化。1991年联系靠写信，条件好些的单位，传达室会有一部座机，靠传达室的老伯伯来你家窗下叫你，告诉你有电话。而2000年回国时，大家都有了手机，还用短消息联系，人与人的联系方法起了很大的变化。

我回到国内时"两眼一抹黑"，什么人的联络方法都没有，完全断了。你不把自己的近况告诉别人，不把自己的心愿告诉别人，又有谁会来敲你的门？我不知道该如何开始，不知道该去敲哪扇门，去拜哪座庙。将近有五年的时间，那种焦虑和着急，就和想当演员的"北漂"孩子们一样。只是我在生活上已不愁了，有丈夫、孩子在身边，还有很稳定的优越的生活。我强迫自己每天翻十年前留下的电话本打电话，出去找有关系的朋友，哪怕碰到和这个圈子有一点点关系的人都会聊上半天，倾诉自己的热爱和热情。可那时行业界正是"大换班"，影视的中心也从上海转移到了北京，许多老导演退休了，有些也是去了国外或根本找不到了。我心神不宁地等待机会，等待人生的转机。可以说这段时间是我人生的"寒冬季节"。虽然很冷、很寂寞，看不到方向，可我相信冬天的后面一定是春天，我只要坚持下去，我的春天就一定会到来。

等待

人生的这个"拐点"让我处在了很长的等待中，首先，我已不是刚毕业的年轻女演员，其次，已没有任何平台让别人看见你，你只是一个曾经优秀的演员，出国了，离开了人们的视野近十年，现在又想重操旧业而已。从一个最低点想要走上高点的时候，没有办法，只有"等待"。台湾作家吴淡如说："可以用努力改变的事情不能等，不能用努力改变的事情要有耐心。该做的事不能等，对结果要有耐心。人生目标不能等，对欲望要有耐心。在解决麻烦的事情上不能等，如果命运的黑夜漫长又寒冷，请一边行动，促使自己发热，一边宽容地等"。在这漫长的等待中，让我明白了"等待"二字的真正意义。

人的一生需要很多的等待，就像大自然四季的变化。春、夏、秋、冬，按顺序的来到和消失，不能急，不能躁，耐心等，慢慢过。尤其是演员这个工作，要等好剧本、好角色，等着别人来挑你，在现场要等，不知何时能拍到你的戏。"等待"是演员工作中重要的一部分，永远无法主动掌握自己的命运。年轻时为这个"等待"无数次想改行，觉得这是个吃了上顿没下顿的工作，很难有安全感。直到现在我仍然还是需要等待，可现在知道用另一种方式来对待"等待"，这样的等待会使人成长。

后来知道不光是演员需要"等待"，所有职业都需要"等待"，"等待"那个属于你的机会很重要。

我是一个不愿"等待"的人，年轻时对"等待"二字非常讨厌。在工作不顺的时候，经常会主动出击，想着把被动变主动，瞎忙一阵，自己弄得精疲力竭，什么事也没办成。当然所有的瞎忙不是都无用，也许到一定的时候会用一种更好的结果返还给你。"等待"是必须的，是

作者的水彩画

作者生活照

期待

不要只期待命运会给你带来什么，而要努力给自己的命运带去什么。

命运给你的试炼和要学习的课题。等待那个高点的到来，在高点到来之际，毫不犹豫地踏上那个高点，一定会得到事半功倍的成绩。

我特别喜欢塔莎奶奶的故事，一位美国的老奶奶，她有许多的传奇故事，在她书中我印象最深的是一张像油画一样的照片。冬天里，在自家的门口坐着的塔莎奶奶看着自己30万坪的花园，在白雪覆盖下万物都在静静地等待着春天的来临。她也安详地披着毛毯，坐着喝茶，吃着自己亲手做的果酱和小点心，旁边陪伴着的是她心爱的狗，在火炉边她做着热爱的工作——绘画儿童书，等待漫长的冬季过去。到了春天，她又开始辛勤劳动种植花树、修剪和护理。春暖花开时她的大花园里满园的花果尽情怒放，吸引了许多各国的游客。她说："我不喜欢冬天，在冬天我会围着炉子做点其它事情，等着春天的到来。"

2000年，我再次回国后，在漫长的时间里等待着第二次演员生涯的开始，这不是一件容易的事，要坚信自己的能力和坚信一定会有属于自己的春天，才能守得住这种寂寞，一直等到2006年，才到了春暖花开的时节。

再次让别人看见你

2000年到2006年间，我做了大量推销自己的工作，目的是为了让别人再次看见我。任何一位演员在被人知道前，都会经历过这种推销自己的辛苦过程。我努力收集业界人的联系方法，每天逼自己打几个电话告诉别人我回国了，是否有机会再度拍戏。在那段时间里精神上很痛苦，找不到目标，在家里也总是愁眉不展的样子，连丈夫都劝我："不拍戏就不拍，算了，又不是没饭吃，那么愁没必要。"可我内心不允许自己，不放过自己，一定要再度让别人看见我。

当推销工作做到一定程度的时候，机会就会来敲门了。有一天正在朋友家里聊天，忽然接到了一通电话，电话里对方说："我是某某导演，你是顾艳吗?"我当时好兴奋，那种兴奋的心情和自己的样子，至今还记得清清楚楚。那位导演是20世纪80年代我出国前合作过的导演，当时他在剧组还是副导演，找我时，来上戏宿舍聊天，鼓励我去拍电影，后来我们一起合作近半年的时间，也成为了好朋友。到了20世纪90年代，他已是非常著名的大导演了。他怎么会知道我回国了，而且还知道我的手机号（我回国后才开始用手机）。我说:"我是顾艳，这么多年了都没有联系，我才回国不久，你怎么会知道我的电话"?虽然我的回答只是感觉好久没联系的激动，其实内心非常复杂，好像这些年就在等这一通电话，一通电话就决定了我回国后的第二次演员生涯又开始了。

现在想来人生很有意思，常会在不知不觉中出现转机。往往是在心情最低落，最没有希望，最想放弃的时候，机会来敲门了。这种变化就像四季的春夏秋冬，没有永远的寒冬，也不会有永远的春天，适应万物的变化就是人一辈子需要修炼的课题。低迷时只要你坚持过来，就会变得强大。只要你有准备没有放弃，你的机会一定会到来，因为一定会有属于你的春天。等待四季的变化，让自己不再易动的内心变得春意盎然，变得柔软细腻。

作者生活照

延长线

　　人的一生一直在取舍中，可有些事情是没法取舍的，只能这样延长，延长，在延长线上走着，走着，争取能做到视而不见，视而不想，带着它能走多远走多远，也许途中，它会慢慢消失和地平线连在了一起，这就是修炼。

成长的快乐

　　2006年后的演员工作，让我碰到了一个需要成长的人生课题，那就是"名"和"利"。用什么样的心态再去投入工作，才能克服"名利"的困扰。这个圈子本来就是名利场，我工作后的心态一直很难调整到比较好的位置。

　　当你在一个比较高的位置时离开了这个圈子，又经历十年步入中年后，再进入这个圈子，是不太容易适应的。当一个人在较高的位置上不太会考虑"名利"，觉得都是我应该得到的，就是应该享有这种待遇，很难去体会别人的痛处。当你掉到了低处，心态就很容易不平衡，容易牢骚满腹。要真正丢开名利，去做自己喜欢的事是挺难的一件事，人在江湖走，哪能那么容易做到，但如果做到了，一定会有一个自己的人生高度。我记得回国后的第一个戏，因为要让大家看见你，你必须要忍受方方面面的很多的落差。比如酬金方面、待遇方面，别人对你的态度方面，都需要自己无时无刻调整好心态，老抱着出国前那种演女主角的感觉是无法坚持下去的。

　　记得刚开始的时候，有种受到很大委屈的感觉。酬金很低这个我还能接受，待遇也和有名气的演员差很多，而有名气的演员在我出国之前还无声无息。他们都用着专车、专座，专门的化妆场所和休息地方，而一般

作者获得"百合奖"时的照片　　　　　　　　　　作者获得"白玉兰奖"

的演员就没什么人在乎你,这种落差可想而知。在一开始的二、三年中很不习惯,经常会和母亲倾诉这种不公平。因为母亲也是同行,知道行业的规则,就一直劝我、安慰我:"再坚持一下会好起来的,你是靠演技赢得观众的,好好发挥你的演技,不要为这些不值得的事苦恼。"

　　但也有让我欣慰的事情,有一次我要晚几天才能进剧组拍摄,因为要和一位有名的演员搭对手戏,我晚几天进组就等于耽误了别人的日程,在有名演员面前,有些人是非常势利的,他们会摆出一副要晚几天进组的话就换演员的架势,大家都有些紧张,怕出现麻烦的状况。可这位名演员却说:"没关系,我可以等,你们不知道顾艳没出国前在上海是很有名的演员,她的戏很好,我可以先拍没有她的戏。"后来有人把他的话告诉我,我真的很感动。在你不知道的时候他帮了你,而且也没有告诉你,让你顺利地进组拍摄,这对我来讲是很大的帮助,我不应该去计较那些不值得的事,好好创造人物才是硬道理,只要你努力了一定有人看见你。播出后那个戏反映很好,还有朋友专门写短信,打电话来祝贺我，让我再一次被人看见。接下来的事业也一直很顺，有好些角色至今都被观众记得。

儿子是榜样

"名利"接下来的衍生词是"攀比"，攀比会给人带来很多身外的烦恼。人爱攀比是天生注定的，比如，她比我长得漂亮，她比我身材好，她比我家境好，比我聪明，她嫁得好，她孩子有出息等等。现在很多母亲都喜欢拿自己孩子的分数和别人家孩子做比较。不光是比孩子，方方面面都爱比较。人在比较中总喜欢把自己的劣势和别人的优势相比，越比越痛苦。

记得儿子上小学的时候，有一天拿着发下来的考试卷回家告诉我他的考试成绩（具体多少分我现在已不记得了），我想了解其他孩子的考分情况，便问："你们班最好的同学考了几分？"，儿子马上告诉我了。我下意识地说："别人考得那么好，你也应该和他一样考出好成绩啊。"儿子很认真地纠正我说："妈妈，我是我，他是他，不要拿我和别人比较，我也是尽了努力了，你这样的攀比是不对的。"

儿子的一番话让我顿时觉得自己错了，他才小学就知道这样的人生道理，作为母亲的我真的很惭愧。我马上道歉说："对不起，妈妈错了，以后再也不说这样的话了。"这件事已过去20年了，一直记忆犹新。做我们这行的更是喜欢攀比，老也看不到自己的优势，每每有攀比心时，我就会拿儿子的话来说服自己，向儿子学习不要去攀比，而是需要自己努力，和孩子一起成长。我从儿子身上学到了很多东西，儿子是榜样，让我受益满满。

记得小区里有两位母亲，一位母亲的儿子从小学习非常好，后来去了美国留学，而且还是哈佛大学，成了大家眼中的杰出孩子，他的母亲一直被人赞不绝口。另一位母亲的儿子学习很一般，就在本省考了个大学，根本没人注意。哈佛大学的孩子毕业后自然留在美国，进了一家研究所工作。而本省大学的孩子毕业后在家附近找了个很一般的公司上班，天天回家吃饭，在母亲的眼前晃来晃去。

有一天我们坐在一起喝茶，两位母亲的对话很有意思。本省大学毕业的母亲对哈佛大学毕业的母亲说："你生了这么聪明的儿子真有福，还在美国工作真让我羡慕"。哈佛大学的母亲回答："有什么好的，想见儿子见不到，想抱孙子还没结婚，我只是为美国政府培养了一个儿子，自己什么也没有得到。你才有福气，儿子天天在身边，又有孙子孙女可以尽享天伦之乐，真让我羡慕"。我在旁边听着觉得很有意思，事物都有多面性，每个人想要的东西不同，感受也是不同的，没有可比性，更不用去攀比。你羡慕的背后，都有别人为之努力的辛苦和留下的遗憾。当你只站在片面角度去攀比的时候，痛苦随之就会出现，当羡慕别人时，承认别人的付出，想想自己还应该努力做点什么才是最重要的。

角　色

　　最近整理了一下有关自己创造的角色，已有60个左右了。从1982年的第一部电视剧《家风》至今也有30个年头了（中间有8年离开了这个行业）。一开始演的都是朴素善良型人物，后来慢慢接了许多性格化角色。比如，电视剧《家教》里饰演的亚琴，敢爱敢恨，因为男朋友的负心狠狠地扇了男友一巴掌，那个时代这样的动作还是很少见到的（此角获"飞天奖最佳女配角奖"）。电视电影《狗小的自行车》里饰演狗小娘，一位土了掉渣但"一根筋"的农村上城的娘（此角色获了"百合奖最佳女主角奖"）。在《婆婆来了》里饰演王美嫦，这是许多观众都喜欢的角色，一位为了儿子什么都可牺牲的乡下母亲，开始让人恨，最后让观众掉泪。《我的媳妇是女王》里饰演安琪儿，一位"作母"，满剧中都是喜剧，在观众心里留下的印象也很深。《我的体育老师》里饰演王小米妈等等，都是性格化极强的角色。我是个非常感性的人，善于用肢体来表达内心，而不是光停留在语言，无论什么样的人物，看完剧本后脑海中或多或少片鳞碎甲都会有现实中类似人物出现。即使没有我也会想方设法在各种纪实片中寻找，或是在生活中寻找。直到脑中大概出现了角色的样子，然后按那个样子去表演或者说先模仿。我的模仿力还是很强的，非常会抓住他人的特点，或是着装，或是语言手势，善于从外

电视剧《二胎时代》中饰演林凤娇

电视剧《在那遥远的地方》中饰演桂红云

原点

　　回到原点，我是个演员，扮演各种不同故事里的不同人物，体验许多自己没能体验的人生经历。然后通过剧本，通过舞台，通过摄影机把不同的人生故事表现出来，感动自己，感动别人，鼓励自己，也鼓励别人，让更多的人看到自身以外的人生。

　　当自己认为完全是按照自己的价值观在生活的时候，是会有充实感和满足感的，是会充满自信的，我认为这是真正的成功！

部着手。比如《婆婆来了》，其实这个角色离我本人距离挺远的，但就是因为远才刺激，想要塑造她。在准备角色的阶段，正巧看到了一个农村的家庭纪录片，片里的一家之主老父亲的生活感觉非常合适《婆婆来了》中的婆婆（王美嬃），我看了两遍那部纪录片，决定了他就是我要寻找的王美嬃的影子。老父亲虽然是男人，我觉得王美嬃身上就有这种男人气。我反复看这部片子，模仿他的动作和那种特有的神态，人物形象就从那部纪实片中慢慢地进入我的脑海中，逐步地明确起来，再加上造型和导演的要求，最后的王美嬃呈现在了观众面前，受到大家的喜爱。

电视剧《我的媳妇是女王》中的安琪儿一角，也是很多观众喜欢的。一开始这个角色听说是刘晓庆来演，后来因为一些原因改换让我去饰演。看剧本的时候确实觉得角色有刘晓庆的影子，一开始我也是抓住了她的感觉进入这个人物，后来就完全变成了自己的样子。剧本是边拍边写，写到后来就成喜剧了。安琪儿的身上有许多综合的性格需要表现，她强势但不能让人太讨厌，她是前董事长但她很无知，她已经是要当奶奶的人了，可还很容易上当受骗，她是个老女人，还充满少女般的浪漫幻想。就是这么一个集许多色彩于一身的不靠谱的人物，朔造成功了会给观众留下很深刻的映像。我把自己内心所有的抽屉都打开，在抽屉的角角落落里寻找和角色接近的点，然后把点放大，再拿线穿起来让它变成块，就成为播出后的安琪儿。慢慢的，我发现喜剧也是我的强项，而且我非常喜欢演喜剧，喜剧可以给观众带来很多的笑声和快乐，有机会再创造一些好的角色形象献给观众，是我最期盼的一件事。

清楚自己要一个什么样的生活

2009年，碰到了一个家庭和事业如何平衡的问题。当时因为家庭的一些事情，全家必须再回日本生活。

独身时什么都可只为自己，可结婚有孩子后，要考虑家人的各种需求和利益，有时自己必须作出牺牲。家人在某种程度上讲是一个团队，尤其孩子小的时候，一定要更多地为他们着想。

我总觉得有家庭后，生活状态必须寻找"平衡"，让家里每个人都不要牺牲太大，排好优先顺序，让大家的人生都不留遗憾。如何照顾好家人又不失去自己热爱的工作，找到平衡点是我一直在思考的事。

我当时的梦想是，能住在日本，让家人各自有自己想要的生活，自己又能在国内做自己喜爱的工作，又不要和家人分开太多的时间，不要让他们觉得家里没有妈妈，那是一件多么好的事，可又是一件多么不容易的事，甚至是不可能的事。现在这种情况已很普遍了，世界变得越来越小，联系都很方便。无论你在世界的哪个角落，只要有微信都可找到你，可当时真觉得这种生活方式是一个梦，不可能实现。当电话找不到你的时候，人们就会把你忘了，又会像第一次出国那样，消失在人们的视野里，所有的辛苦积累全部都会变成零，这是我不愿意的，我一直苦恼找不到解决方法。

电视剧《长恨歌》中饰演王母

记得在拍电视剧《长恨歌》时，有一天在片场和黄奕聊天，讲诉自己困惑时，她说："你可以签经纪公司，让经纪公司帮你打理国内的事，你就负责回国演戏就可以了"。当时国内"经纪公司"还是一个新名词，我都不知道去哪里找经纪公司。就在这个时候，有一位朋友帮我介绍了一个非常优秀的经纪公司，我很快就和经纪公司签了合同，公司帮我解决了我中年时期事业和家庭的一个大难题，使我赢得了另一种自己崭新的生活方式，得到了自己想要的生活。

自己清楚知道想要什么，就会毫不犹豫地跨出了这一步，现在想来这是我人生中的重大的选择和努力的坚持。如果那时内心没有明确的生活蓝图，现在一定会出现很多的遗憾。比如跟随丈夫、儿子去国外过家庭主妇的生活，或者是一个人留在国内继续干自己的事业，这两者想来都不是最好的选择。

现在把这两种生活结合起来，从中找到平衡点又是另一道风景。尽管在寻找新的平衡点时需要一些付出、忍耐和努力，甚至是家人的牺牲，可是只要心中有爱，只要坚持下来就可以看到不同的风景。只要想到了就可以做到，这是我一直坚信的。每个人都是一个"个体"，想要的生活都不一样，无法模仿，无法比较，有的只是清楚自己想要什么样的生活，然后去实现它。

电视剧《长恨歌》剧照

有一种美丽是平衡　有一种平衡是幸福

人生需要刚刚好，不多也不少，哪边多了哪边就会少，平衡是最好。

女人不要太美貌，不要太智慧，不要太有钱，不要太有欲，不要太长寿，一切刚刚好，才是真的好。

有这样一个故事，很久很久以前，有一位老农每天非常虔诚地去庙里拜佛，什么佛都拜，一天不落地求佛保佑，他的行为感动了菩萨。有一天，有一位菩萨走到他跟前说："老农，你这么辛苦，这么虔诚地求所有的菩萨保佑你，你到底要求什么？想要什么？"老农马上跪下，不敢抬头，说道："不敢求什么，只希望菩萨能保佑我和家人身体健康、家庭和睦，有一点点够用的钱，每天都能去农田干点农活，快乐幸福。"菩萨听后笑道说："太难了，我给不了你。你想当皇帝，我可以给你个皇冠，你要几百万，我也可以给你几百万，可你现在要的是神仙的日子，我给不了你，你自己修吧。"

可见，刚刚好的日子是老天爷都给不了的日子，自己修吧。有一种美丽是平衡，有一种平衡是幸福。

作者生活照

作者生活照

平衡

　　女人要学会选择平衡，不一定非白即黑，去寻找中间的灰色、蓝色。平衡现在，预测将来，及早地做好准备。要有原则和心里的底线，但也要知道暂时可以放下原则。做个"好命女"，即要成长，但也要平衡周围，绝不是怨天尤人。

选择丰富自己

人生经过了几个拐点之后，虽然我尽一切努力解决了自身的很多问题，也还算顺利继续在积累自己的专业经验高度上做出了成绩，但慢慢觉得"名利赚钱"或"被人承认和被人看见"都不是太重要了，更重要的是要丰富自己，让自己无论碰到什么环境变化和自身的变化都能应付，变得强大，能掌控自己的命运，让自己感到快乐和充实。女性到了中年，一定会有家庭事业两难全的体会，尤其是女演员一拍戏，出门就是好几个月，家里有许多事都无法照顾，会经常处在焦虑中。没有戏拍时担心工作何时会来找我，有戏拍时又要整理大包小包，像出门打工在外地的人。待上几个月，还要担心家里没人照顾，担心他们的生活，常会感到左右矛盾，一直处在不安定的状态中。长期不安定的生活，需要有一块扎实的东西来安定它，究竟是什么东西，一下子自己也说不清楚。我不满足老是被动的状态，要找一种新的生活方式来激活自己，让自己重新获得新能量，要有主动出击权。在现在的工作基础上，不能只限于一个工作、一个国家，不管在世界哪个角落都可以主动工作，都可以表现自己，掌握人生的主动权真正做自己。我经常会在脑子里做这样的游戏，不断思考不断自问自答，倾听自己内心的声音，修正自己的生活路线。根据自己生活环境的变化，年龄的变化，新爱好的发现去寻找更新的可以走的路，努力让自己后半生更有价值。

也许有很多人一辈子都没有想过这些问题，而是"随大流"地过完了一生，我觉得是很可惜的一件事。年轻时很单纯只要考虑"我要做什么"就可以了，然后拼命去做，去获得好评，可中年以后，就必须要有一个综合的长远目标，这个目标会给自己的晚年生活带来很大的帮助，只有这样，中年之后才会没有后顾之忧充实生活。

走好自己选择的路

选择容易，坚持却很难，选择是短期间的事，而坚持是长期作战，甚至是需要一辈子的努力。我决定从拒绝不必要的应酬，不必要的社交开始，寻找其它喜爱的事。我一直在问自己，除了拍戏之外，我还能做什么？

我常想起日本的演员山口百惠的故事，在21岁最红的时候选择隐退，离开了人们的视野，这种选择一定不是容易的，选择的背后一定有许多不为人知的理由和痛苦。选择隐退后，又该如何寻找另一条路，我想更是难上加难。多少人在她的告别演唱会上，当她把话筒放在地下的一瞬间，为之疯狂地流泪，可她毅然决然地背身离去，走进舞台的纵深，消失在聚光灯下。无数人望眼欲穿等待她的复出，可她选择了做一个普通人，普通女人，普通妻子，普通母亲而不是名人的平凡之路再也不回头。如今她的两个儿子，都很出色，一个是歌手，一个是演员，丈夫陪伴在身边。她的贴补绣品的爱好也成为她的另一份工作，长时间坚持爱好使她的作品获了很多大奖，最近在丈夫三浦友和的鼓励下出版了自己贴补绣作品集。她专心走好自己选择的路的精神让人敬佩。她真的是独一无二无人超越的神话。

我开始了自己另一个爱好——画画，这个爱好本身没什么可写的，我也没有成为专业画家，我的专业还是演员。只是想写一下如何发现和选择了这个爱好。

我从小最讨厌的就是画画，尤其是油画。记得还在上小学的时候，有一位熟悉的画家叔叔让我放学后给他当模特儿，每天要坐在他的画室一、两个小时。那个时候我只是想玩，在画室里听到外面朋友们的打闹声，我的头不由自主地往窗外看，心也飞到了画室外和朋友们在一起。我每天都这样忍耐着，那时候小，不敢反抗，只有老老实实地坐着等待何时能画完，终于有一天那位画家叔叔画完了，让我去看看他的作品，我一看，第一感觉是"我那么难看"！那时候小，不会看画，只看见一大堆颜色涂在画布上怪怪的，一点儿都不像我，心想，还让我坐了那么长时间，从那时起，我最讨厌的就是画画，这是小学的事了，一直到现在还记着，可见我有多么讨厌画画。

来到日本后，没事最喜欢去的地方就是书店。有一次书架上的一本书一下子吸引了我，作者是一位女性插图画家西村玲子，她的书以插图为主，外加一些小短文，有故事但都没有跌宕起伏的情节，都是些发生在她身边的琐事。比如，她要重新装修房子，就把装修开始到结束的过程用插画和文字表现出来，一本书就成立了，内容真实平常没什么特别，但她的插图画让我着迷。我想学她的感觉，也想用这种画法和文字表达自己的生活，这是我喜欢的。我寻找周围有否有教成年人画画的老师，拿着书就去求见老师，见到老师我开口就说："老师！我想学画画，但我不想当画家，我就想让自己能画这样的画"，说完就把书给老师看。老师听完我的要求后愣了一下说："可以！你想画这种感觉的画不难"。然后笑着说："你是我第一个遇到那么直接讲出自己想要什么的学生"。接着他就给了我一支笔一张纸说："这儿有很多画报，你看你喜欢什么就画什么吧"。就这样简单地开始了我的第一个爱好，让我有种又回到少年时代开始学习的兴奋。

丰富自己可以从各种爱好开始，除了画画以外，几年后我又开始了第二个兴趣爱好。我觉得自己的爱好特别多，而且也非常敏感自己喜欢什么和不喜欢什么，第二个爱好我再后面还会再写，一切都是老天爷有意思的安排。

为什么我要寻找其它的爱好，理由有很多，最重要的是我想摆脱"执著"。我是个非常"执著"的人，虽然我不喜欢"执著"的人，甚至有些害怕，但我本人就是。我很为这两个字苦恼，甚至觉得痛苦，我脑子里除了演戏的事，几乎没有别的事，老想着能遇到好戏、好角色，怕自己没戏演。我对自己的事业一直不满意，总觉得可以做得更好更出色。这种对事业的"热爱"变成了"执著"，"热爱"就是痛苦，那是事与愿违。人生最终追求的是"幸福"而不是"痛苦"。佛学中也说："执著"是痛苦，要学会放下。有些人"执著"不光在自己的事业上，还会在要求丈夫、孩子甚至自己的容貌上，是件可怕的事。当我在找到其它爱好丰富自己的时候，明显感到"执著"二字，慢慢地离我远去，丰富自己的好处是可以把"执著"转换成"坚持","执著"和"坚持"两词很接近，但意义完全不同。生活应该是多元的，丰富的，平衡的，而不是单一的，片面的。

国外的教育很重视孩子的各种兴趣培养，让孩子多方面发现自己的兴趣点，长大后这些兴趣会在你痛苦的日子里与你相伴，支撑你的生活，让你觉得生活没有这么难。人不是为了要当什么"家"才来到这个世界上的，更不是为了要得到别人的肯定和崇拜才努力的。而是为了自己的充实和满足，不纠结，不苦恼，摆脱"执著"让自己获得自由。

简·方达的一段演讲对我很有帮助，她说："当你面对人生中不满意和放不下的东西时，你应该想这不是我的错，这里有别的原因，也许是时代，也许是历史，也许是别人的错。于是你就会原谅他们，也就原谅了自己。"

放下单一的执著，学会必要的妥协，从而丰富自己，是人成熟的标志。

珍　惜

儿子到了离家去外地读大学的时候，我忽然觉得时间过得真快。18年过去了，儿子给我和丈夫，给我们这个家带来的幸福和快乐是无法用语言表达的，因为有他，我们觉得生活是那么的踏实和有意义。孩子属于我们的时间很短，只有18年，成人后孩子有自己的生活和梦想，他们不再属于父母。珍惜和孩子在一起的18年，是我们做父母的常被忽略的事，总认为孩子永远是属于自己，这是个错误。

记得儿子还是小学3年级的时候，我拍戏很忙，有时候晚上很晚才能回家，丈夫经常出差，也常会有不在家的时候，白天孩子上学，晚上只有保姆陪伴他。有一天拍完夜戏回家，孩子已经睡了，在他床头贴着一张小纸条上面写着："妈妈你回来后一定要叫醒我，我还没洗澡。"我看了纸条后觉得他睡得很好的，就没有把他叫醒。我洗洗收拾收拾准备睡觉时，他忽然醒了，看我回来了并没有把他叫醒，对我大发脾气。当时我觉得很奇怪，不洗澡也可以睡觉，为什么非要叫醒你呢？已经是深夜了我也很累，我控制不住自己的情绪，也跟他大发脾气，结果他也哭，我也跟着哭，弄得一团糟。

第二天保姆告诉我："你儿子让你叫醒他，是想看看你，昨天整个晚上就在问，妈妈大概几点会回来？我让他给你打个电话问一下。他说不行，妈妈在工作，不好打扰妈妈。"保姆还说："你儿子一直在忍耐，想让你陪陪他，一个人总是寂寞的，我只是保姆和你陪他不一样。"我听了保姆的话，眼泪一下就下来了，我真是后悔，昨晚不该对孩子发脾气。孩子的真实内心，做父母的又知道多少，小时候他们想和父母在一起，觉得和父母在一起有安全感，很快乐。孩子的需求父母没有给予他们，是件很遗憾的事，时间不会重来，有很多事情失去了就无法弥补。

有一位女友，在孩子很小的时候，因为工作忙把孩子托给了父母照顾，全身心地投入了工作，即便隐约觉得父母带孩子有些问题，但也没太往心里去。慢慢孩子长大了，和她想像的样子完全不一样，而且身上有很

不奢望

不奢望别人和自己一起成长，哪怕是家人、父母和朋友。你是世界上的唯一，自己学着面对周围原地不动甚至倒退的人们，学会与他们相处和并肩向前，这也是需要自己成长的重要部分。

作者生活照

多坏毛病，她想纠正孩子身上问题时，变得很困难，孩子根本就不听她的。孩子的性格不是一朝一夕形成的，要改变需要耐心地陪伴，到了一定的年龄，要想改变孩子是不太可能的。结果在经常的争吵中，孩子叛逆地选择了离家出走，至今都是这位朋友后悔的事。但没有办法，时间不会倒回，不珍惜现在和孩子在一起的时间，就意味着永远失去了。

随着年龄的增长，周围的一切都在慢慢地失去，这是每个人都无法抗拒的事实，我们能做的就是在拥有的时候好好珍惜，不珍惜自己的拥有时，会有无数个借口，但失去了就再也找不回来了。

留住美好

陪伴孩子，和他们一起成长，是一件非常幸福的事。

日本是一个很注重仪式的国家，在不同的年龄段都会举行各种仪式来留住美好的回忆。

记得参加儿子幼儿园毕业式那天，3月中旬天还是很冷的。日本的入学式都在4月初，是世界上很少有的春季开学的国家，所以毕业式都是在3月较多。

每逢这种毕业式，父母、奶奶、爷爷都会很乐意参加，好像是一次家庭大庆典，家长们都会穿得很隆重，一般都是礼服，一种和平时不一样气氛。在幼儿园的小小活动室里，父母们并排坐着，等待着美好时光的开始。

院长老师出来和家长们做了庆典讲话，说了孩子们成长的故事和在幼儿园的一些情况后，大声地："接下来，毕业生登场！"音乐响起，小小的毕业生们光着小腿和小脚，从活动室的最后向最前面的小舞台走去。

日本的小孩子进幼儿园，就会把鞋子和袜子都脱掉，男孩穿着小短裤，女孩穿着小短裙。音乐刚起，母亲们感动的哭声也起了，我是第一个控制不住自己的人，激动的我赶紧拿出手帕捂着嘴，不让声音打扰别人。孩子们看着我们，不知道妈妈们为什么要哭，我从开始哭到结束，孩子们的模样深深地印在了我的脑海中。

作者与儿子

孩子幼儿园毕业了，人生的第一次毕业式是多么重要。只是他们光着脚和小腿我一直不习惯，有一次我问儿子："你们为什么都不穿鞋袜？不冷吗？"儿子说："老师说我们屁股里有一把火，我们是风的孩子，所以不冷的！"我到现在也没搞清楚是为什么都打光脚，这样是否正确。毕业式就在我的感动中结束了，最后孩子们手拉手对着台下的父母说："谢谢爸爸妈妈，我们毕业了！"

这样的仪式在孩子的成长中有很多，入学式、毕业式、成人式、结婚仪式等等，每一个仪式的参加都说明孩子的一个人生阶段，说明孩子慢慢独立成人了，终将要离我们而去。记住孩子所有成长的点滴，收藏在我的记忆里作为幸福经历的回忆。

有调查得出结果，女人的脑子容易记住美好的事物而忘记使自己不愉快的事情。在自己的记忆里留住人生中许多的美好时刻，只留住美好是防止内心衰老的最好办法。记住自己被向往的大学录取的瞬间，记住第一次在剧中扮演女主角，记住站在领奖台上捧着奖杯的感激之情，记住和丈夫恋爱的情景，记住儿子落地的那一瞬间，记住了儿子小学毕业后回家的第一句话："爸爸妈妈谢谢你们，我今天毕业了！"，记住全家出去旅行的快乐。

最近常做的一个有意思的练习，在无准备时突然问自己：人生中什么时刻自己感到最幸福？脑海中立即出现的画面都是全家在美丽的异国旅游，为家人的生日在一起庆祝，孩子从小到大的毕业仪式，总之是家人在一起的幸福时光。你若感到幸福，幸福自然会来到你的身边，你若感到和谐，和谐就会包围着你，和家人在一起的和谐生活，是人生最幸福的事情。

只留住美好，你会觉得自己是世界上最幸福的人，只留住美好，你会觉得自己还是那么年轻，还有许许多多的美好的事情在等待着你。我经常鼓励自己，不要害怕衰老，不要害怕失意，抬头挺胸大胆地向前走，像年轻时候一样，去相遇更多美好的时光。

作者生活照

V

让人生
再次绽放

中年是真正寻梦的开始

一种淡淡的失落和忧伤，淡淡的迷茫和彷徨，责任胜过了爱情，皱纹爬上了你的脸庞。你不是富翁，但生活并不需要你再像年轻时那样拼搏，甚至你对现在的工作有些厌烦，但又对将来没有方向，这就是中年的意义。

中年是寻梦的开始。在人生已过了二分之一的年龄，再来一次寻梦的决心，为人生的第三乐章做好充分的准备。给自己一点点勇气，不要管别人的评价和世俗的观念，想想自己从小想成为什么？想想有否想做而没能做成的事情？有没有想去而没有时间去的地方？比如想周游全国或世界，想做一桌拿得出手的好菜，想看堆在家里所有的碟片，想读自己喜欢的好书。再如想开始学习摄影，想研究咖啡或红酒，成为这方面的专家。想开始学英语，

作者生活照

104

来一次背包旅行。如果是单身也可以为自己下半辈子找个伴侣，不要在意年龄，不试怎么会知道人生隐藏着无限的可能性！

寻梦并不沉重，这个梦不是伟大的事业，从自己的喜欢开始，从想要的生活开始。如果你喜欢喝咖啡，可以没事就去各处的咖啡厅消磨愉快的时光，我曾经想画下上海所有喜欢的咖啡厅的样子，合在一起一定是一本不错的画册。如果能在咖啡厅里碰上聊得来的人聊聊天，听听别人的故事也许会写出一篇动人的短篇小说。也许你喝上了十分对味的咖啡，萌生了去咖啡产地看看咖啡是如何生产出来的念头。或许自己也想开个咖啡厅，浸泡在煮咖啡的香味里，看着咖啡粉从壶里流出浓浓的咖啡时无杂念的瞬间。总之一定会有一些点子或者计划出来激励自己。如果喜欢游泳可以重新拜师，每天坚持练2小时，成为自己生活中的一部分，练到一定程度可以去各处参加比赛，给自己的生活另开新篇章。不要只为赚钱，只为家人，不要学着总和你周围的人一样。打开自己的视野和胸怀，看得更宽广长远一些。无论你现在多大年龄，无论你现在处在什么环境和状况下，无论你现在是有家庭，还是没有家庭，只要你想就勇敢地迈出去，然后一点点地坚持下去，一定会看到远处你想要的东西，它会在那儿等你，只需要你走近它靠近它最后拥抱它，这才是中年真正的意义。

最可怕是在瞎忙中渡日，一天天过去，都不知道在忙些什么。记得有一个阶段，我的日程排满了聚会，每天都在赶场子，参加各种名义的聚会，一派热闹的景象。可慢慢的，内心有一块小角落充满着深深的孤独，无论朋友再多再热闹，仍填补不了这块角落的孤独，逐渐的这种"热闹"，开始在我的生理中出现不适的感觉。记得有一次圈里人聚日子过得充实而满足，每天忙忙碌碌地专心做着该做的事，专心对待此刻在你身旁的人，到了该睡觉的时间就睡觉，只要有个健康的身体，就有明天的快乐和未来。

　　人是孤独的，一个人来到这个世界上，几十年后也要一个人孤独离开这个世界。而现在拥有的都是暂时的。所以好好面对现在拥有的一切，因为他（它）们都将离你而去。在明白这点之后，给自己设点小小的目标，哪怕达成一点点也会有小小的满足。

作者生活照

会，按常规不到十一、二点是不会结束的，可我真觉得好无聊，坚持着到了八点，就借理由退场了。退场之后，我觉得自己肯定扫了别人的兴，怀疑自己怎么变成如此无趣和不合群的人。后来慢慢明白了，我需要尊重自己。虽然惰性和情面让你很难摆脱朋友的邀请，可我还是学着拒绝。我需要独处，需要在独处中成长。

独处并不孤独，只要安静下来你的内心会飞向天空，会胡思乱想会有许多好的创意，会觉得内心很丰富很惬意。人生有各种不同的阶段，自己的生理和心理也会有许多变化。孩子独立了，眼睛开始老花了，头上出现了白发。这是最好的静下来享受真正属于自己的时间，满足自我实现心灵成长的人生阶段。当外界的事与人不能再让你感到快乐的时候，当你的年龄常给你带来负能量的时候，就去寻找内心的宁静吧，和心中另一个自己对话，充分地了解自己，走只属于自己的路。内心的宁静是幸福的标志，它不是隐居不是与世隔绝，不是孤独更不是瞧不起人，而是默默地完成自己的心路历程。

我非常喜欢这种独处，一个人去咖啡厅喝杯咖啡，一个人拿着相机去赏花，一个人这儿走走那儿看看，这个时候的时间是静止的，为了属于自己。当然我也很喜欢三五好友坐在一起喝茶聊天旅行，一切取决于内心，让它变得平和而成熟。

不断寻找喜爱，不要因年龄设限

　　不断寻找喜爱，不要因年龄设限。喜爱里藏着你的才能，是发现你才能的最好钥匙。人的一生都应该不放弃寻找自己的喜爱，让喜爱成为心灵的"美容液"。再说一个自己的故事，前面讲到我考大学时，父母有意向让我读杭大中文系，当个女作家，结果却成了演员。儿子上小学的时候，我家请了个阿姨帮我照顾孩子，做些家务。她是上海本地人，住得离我家很近。她每天上午来家做些事，中午回家，下午再来。我很喜欢她，她在我家做了7年，阿姨能在一家做7年的，应该是不多的。上海阿姨做事很认真仔细人很好，也可以跟我说说话，分担些家事，我很满意。到第7年时，她跟我说她父母年老都不能完全自理了，想辞去我家的工作，回家照顾父母，虽然很想挽留她，可照顾父母是应该的，我也表示同意。可第二天她又跟我说，感觉我家里也是需要一个人帮忙，她也很喜欢我家，就决定把父母送去养老院，继续留在我家。我听后很感动，心想，送养老院也是一种办法，她就继续在我家做下去了。半年多后，阿姨的父母都相继去世了，我为此一直有些内疚。要是当时，我劝她离开我家去照顾父母，是否会更好一些？但事情都过去了，一切也只能如此。不久，因为内心的驱使，以这位阿姨为原型，我写了个电影剧本《阿芳》，讲一位底层的中年妇女和父亲之间关系的故事，写完后就放下了，算是了却了自己内疚的心情。有一天，母亲给我电话，告诉我浙江省在征稿，需要原创电影剧本，问我愿不愿意去投稿。我想也好，就顺便把稿件邮送了过去，有一搭无一搭地做了这件事，然后就彻底忘记了。突然有一天，母亲告诉我说，我的剧本获奖了，获了二等奖，还有好几千元的酬金，这下把我高兴坏了，真是"无心插柳柳成荫"。第一次写剧本，居然就获奖了，这给了我很大的自信。其实我一直很憧憬和羡慕女作家的职业和生活方式，我特别想成为"旅行作家"。记得在台湾旅行逛书店时，发现一本书《写小说，一点都不难》，因为"不难"两个字很吸引我，我买下它一口气就读完了，可看完之后觉得被骗了，写小说哪有那么容易，对于我来讲目前的水平想写小说是不可能的，有朋友提议让我开个微信公众号写写玩玩，这个比较适合我，我即刻就开了一个"悠悠芳草园"的公众号。那还是在六年以前吧，刚流行微信公众号的时候。我的第一篇文章就有一千多人看，这把我高兴坏了，就这样一直做了三年，就当练练手，丰富一下自己。

2020年，疫情突然袭来，一下子被关在家里无事可做了，我又翻看了《写小说，一点也不难》这本书，想从书中的字里行间找出我能写作的语言。书中说，"人人都是小说家"，这句话说服不了我，因为我不太看小说，也不喜欢编故事，总觉得编故事会让自己走火入魔被故事卷进去。书中还说："在你小巧的脑子里藏着许多想法，现在是你将它倾泻出来的大好时机。把写作过程看作是更正错误，消磨已犯下或是完成未尽之事的方式。它是让你发泄、展现、创造和释放的绝佳机会。"书中的这些话给了我很大的鼓励，我要的就是这些内容。是的，写作不光局限于小说，写作是展现创作的极好机会。还有最鼓励我的话是："许多人希望写一本书，但只有很少比例的人能完成它，如果你可以撑到最后一页，就已经超越众人。如果你每天只完成500个字的工作，6个月后你将拥有一份完成的原稿。"这让我一下热血沸腾，每天至少写500个字，这就是硬道理。于是在疫情中，我又开始了我的第二个爱好，开始了我的写作之路。

一切的积累都是为了此时准备的！一点都不错！人的欲望就是这样一步一步地膨胀开来，自己经常胡思乱想，对着窗外想着自己第一本书的封面样式，想着书成型后的感觉，自信和干劲也随之而来，并定下大概几时写完的时间。这个过程艰难漫长，但充满期盼，每天有新鲜的感觉。生活需要"新"内容的取代和填充，而这个"新"内容，完全来自于自己的内心。其实作家和演员两个职业，我都很喜欢，只是年轻时自己没有察觉到。

永远不要因为年龄而阻碍自己做事的决心，不断地选择，尝试做自己喜欢做的事，人生在于体验许多不同的事，积累不同的人生经验。只有一次的人生，能投胎来世就很不容易，不是所有精子和卵子的碰撞，都会成为人来到这个世间，所以应该特别珍惜。能在一开始找到自己"天职"的人是幸福的，但一定不是大多数人。即便现在做着自己喜欢的事，几十年下来也会因各种原因厌倦，或觉得不合适现在的自己。不要让自己的生活变得无聊和无趣，一直抱有好奇心去探索自己的可能性，让中年以后的人生再次绽放！

阅读

　　女人可以不漂亮，可以不年轻，可以不讨人喜欢，可以不聪明，但一定要阅读。阅读是心灵的"美容液"，阅读让你有魅力，不年轻但有修养，不讨人喜欢但做人有分寸。

　　四十岁以后的美真的是自己创造的，这个创造不光是外表而是内心，是内心散发出来的感觉。说气质似乎太高了些，是一种综合的舒服感。"阅读"那种宁静中的专注，宁静中的兴奋，宁静中的忘我，宁静中的得到，是很少能被任何东西取代的，阅读会让你人生再次绽放！

作者生活照

女人

　　女人其实无需那么坚强，无需那么成功，无需那么有远大的目标。她无需成为生活中的强者，更不要顶起半边天。她只要把女人善良、温柔、谦恭、爱都表现出来，就足以获得幸福和美丽，足以是成功的人生。

作者生活照

做个充满创意的人

有一段时间非常喜欢占卜，只要有一点点的纠结我就去占卜，当作散心。我知道自己并不是真的相信算命，而是你付给一个和你无关人一点钱，她会和你聊天，会开导你给你一些提议，甚至会帮你找到纠结的核心所在，旁观者清，会从另一个角度来帮你分析这件事。我找过好些占卜的人，有三十岁左右的年轻人，也有七十多岁的老太太，从看生日到看手相，各种的占卜法都试过，总结起来大同小异，但都会给你一些最起码的安慰和建议。听你想听的，问你想问的，讨论你想讨论的，然后离去记住你想记住的，其它都可忘记。

我常去的一家书店，一半是卖书一半是咖啡座，在咖啡座喝咖啡的人，可以从书店中拿一本新书，坐在咖啡座看，作为优惠服务。我经常去买一杯咖啡翻翻新出的书，看有否自己喜欢的，买一本带回家。一天，我又去那儿喝咖啡时，旁边坐着一位很年轻的女孩，在给别人占卜，看来好像是刚学的，因为收钱很便宜，有种实习生的感觉。我一直观察着她，心想，我也找她算算，花一点钱找个说话的人也不错。我坐到她的桌边说："能帮我算个卦吗？"她说："当然可以，你要喝咖啡还是红茶，我这儿提供一杯免费饮料。"我要了杯红茶，那是个寒冷的冬天，坐在温暖的书店一角无人打扰，轻声细语地开始算卦，也是挺享受的一件事。她说："你非常善于表现，你是一个很有创意的表现者，你不要太在乎表现方式，可以用任何手段来进行自我表现，表现你的内心世界，表现内心所有的创意。"我当时还没有真正理解什么叫"表现者"，我只知道我是个演员，只会演戏，如果不演戏了，我就不知道该如何表现了。可是后来我慢慢明白了，"表现"还真是我人生中不可缺少的一部分，我真是喜欢表现的人。小学、中学、高中都是宣传队的积极分子，用舞蹈、快板、对口词来表现自己，从中得到快乐，大学学的是表演专业，也是用身体、语言、声音来塑造不同的人物形象，表现自己对人生的理解，感动别人满足自己。如何再继续成为"表现者"？适应年龄的不同，还真是一次需要自身的更新，只有不断更新自己才能看见一个更广阔的天地和更远的路。"表现者"无论用何种思维来看事物，都能看到一个全新的自己。我很兴奋，占卜女孩的这一指点让我的纠结一下全开了。我知道要更新自己并不是一件容易的事，但不改变自己绝对是看不到一个更好的自己的，寻找什么方法表现自己不重要，自己能改变到什么程度也不重要，重要的是思维的转变，开始新的挑战，找到生命的新意义，成为一名充满创意的人，感染别人，鼓励自己才是最重要的。

人生的色彩

如果自己不开心，谁都无法让你开心。如果自己感觉不到幸福，谁都无法给你幸福，一切的感受都来自自己的内心。给自己的人生涂个颜色吧！玫瑰色！淡紫色！粉红色还是天蓝色！或是五彩缤纷！决定自己人生色彩的是自己。

不要抱怨因为某个人或某件事，我的人生变得不幸。其实真不是，但你如果这样想了，你的人生也许就真的不幸了，因为你给自己的人生涂上了最不幸的色彩——抱怨。

作者生活照

成熟的自信

　　做个有创意的人，是拒绝中年无聊和提升自己的最好方法。中年需要一种提升，不然就会从外形到内心变得有危机和油腻感，转变成不自信。比如，"都这个年纪了，算了"或者"你已不年轻了，要知天命"等等，这些说法会捆住你的心，让你的中年变得固步自封，过早放弃自己。年轻时青春朝气，工作努力，有了成果被人肯定，被人赞扬，充满了自信。年轻你有容貌，有时间，有精力，有所有的一切，可人到中年慢慢开始不自信了，从容貌上身体上，从别人对你的眼光里态度上，以至于在别人对你的称呼中，都会觉得自信在慢慢地被另一只手夺走。

　　前几年，在杭州拍一部儿童公益电影，演一位幼儿园的园长，这部戏大部分的时间是和幼儿园的孩子在一起。一天，在风景优美的山上拍外景，孩子们在我前面排着队，在老师的带领下等待拍摄。突然有一位孩子转身对我说："奶奶好！"我当时真的很吃惊，吃惊到想再问一句："你是在叫我吗？"我知道孩子的眼睛是最真实的，他们决不虚伪和讨好，在他们的眼里，我一定是到了做奶奶的年龄，孩子们才会这样叫的。带队的老师听到后纠正孩子的话说："要叫阿姨，不是奶奶！"孩子听了老师的话有点莫名其妙地改口又叫了声"阿姨"，我连忙说："没关系，就叫奶奶吧！"可我真的很伤心，这是现实，必须接受。

有一段时候，我真的很没有自信，非常敏感别人对自己的态度，也非常注意男人对年轻女孩，和对中年女人说话时的不同态度。我也会时常提醒自己，注意自己的年龄，别像个胡搅蛮缠的女人一样遭人烦。可回避年龄不是个办法，必须做到虽不年轻，但自信不减，必须把自己比年轻人优势的地方一一列举出来激励自己。在美貌上不占优势，可在专业上比优势，到了这个年纪一定是"资深"了，那就让自己成为自信的"资深"，把自己的专业发挥到更自由的地步。事情往往是这样，当你没有任何包袱和杂念完全去做自己的时候，你的专业会突飞猛进。因为你已不年轻，就不需要老去注意外表如何而应更多在乎内在的定力。不再演主角了，也不是靠你卖片，就无需考虑那么多人际关系，乱七八糟的事也不会来找你。在创作中，你想如何发挥就可以按自己的愿望发挥，反而变得很单纯，会有很生动的创作结果出现。

看过一部法国电影《17岁的少女》，又名《花季月貌》，影片讲一位17岁少女卖春的故事。17岁的少女和一位非常帅的70岁的老男人发生了性交易。电影中人物很少，主要是描写这位17岁的少女对"性"的认识和成长的心理过程。这位17岁的女演员青春动人，随意的着装中透出浓浓的性感。男主角虽然有70岁了，和女主角完全是祖孙辈的感觉，但因为男演员很帅，两人在一起时并没感觉有什么违和感，反而有另一种美。在一次做爱中，这位老男人心脏病突发死在了床上，电影从一开始就很吸引人，发展到这儿就更想了解下面的剧情了。17岁的少女不光要面对自身丑闻的暴露，证明男主人公是在买春中心脏病突发死亡的。他是个有家室的男人，最后这位女孩要和他的妻子见面。电影已快到尾声，男主人公的妻子只有一点点戏，但深深吸引了我。这位男主角的妻

感谢

　　岁月教会了我随遇而安，经验告诉我要不断地成长，现实让我明白只要做好你现在能做的事，感觉对我说，现在的你是你要的自己。虽然常常有许多的迷茫和困惑，这都是你要去经历、克服和享受的人生。因为你来到了这里，就必须相遇、忍耐和超越。再回首！啊！这就是我的人生，我的道路。感谢命运让我有了追求、拼搏、痛苦、迷茫和喜悦，它让我变得淡定和成熟。

作者生活照

子来找这位17岁的少女，要看看最后陪自己丈夫离世的女人是怎么样的女人。少女坐在酒店的咖啡厅里，等着要召见她的夫人，镜头从夫人走近的脚步特写慢慢摇上，摇到夫人站定的脸上停住，镜头在夫人脸上停了许久，夫人的脸很有魅力，瘦瘦的有许多的皱纹，但很吸引人。我翻来覆去地看着这个镜头，一直在想这位看来近70岁的法国女演员为什么会怎么美。说实话，她着装发型没什么特别，穿着极普通的卡其米色风衣，头发蓬松的盘在后面，极其一般的装束，也没有那种装出来的气场，只是很客观地淡淡地看着这位少女，但真的很有魅力。导演让这两位可以是祖孙辈的女人站在一起，并且镜头来回在她们的脸上摇过来摇过去，以示对比两位女人的美丽。我敢肯定地说夫人决没有输给17岁的少女。夫人赢在了哪里？赢在气质！那种生活经历的历练和对人生的态度，那种优雅的气质是年轻少女没办法相比的，没有好的岁月的沉淀，是不可能拥有这样的气质的。就像一杯浓浓的葡萄酒，它的甘味很深很深，深到了骨髓里，不是给人喝的而是给人闻的，香味并不浓烈但很宜人，闻香识女人。我盯着看这位女演员，恨不得钻进她的体中，找到为什么她到了这个岁数仍可以如此美丽，如此有魅力的原因。我略微有些感悟，这是一种自律感，一种至始至终坚守的自律感，一种对美的信仰和不取悦别人的淡淡的孤傲，一种深深的神秘感。她一定喜欢独处，喜欢安静，很少讲话，即便说话声音一定是低低的轻轻的，一定很少讲自己的故事，一定和别人有距离而不随和，女人需要一种神秘感，这种神秘感会散发出一种成熟的自信。

感悟时间

　　"时间就是金钱"，是上世纪最响亮的口号，从改革开放以来国家给人民提供了很多赚钱的机会。这几十年，每个人都在时代的大流中摸爬滚打，有些人被时代推到了顶尖，又被大流甩到了低谷，有许多人赚到了钱，但身心疲惫得病离世，也有些人无论钱多钱少生活还算安之若素，每个人为了实现自己美好的人生都在拼搏。有一天晚上，夜戏拍得很晚，回家路上听着车内的深夜访谈节目。外面下着小雨，我看着窗外的黑夜和闪亮的霓虹灯，听着车内的电台节目，男主持人的话语让我至今记忆犹心。他说："我们都在拼命地挣钱，都认为时间就是金钱，可大家有否想过你赚到了金钱，金钱也赚走了你最宝贵的青春、时间、精力甚至健康。"那是个拼命赚钱的时代，确实有许多人赚到了钱，但也透支了身体的健康，现在后悔也无法弥补。进入21世纪后，慢慢发现金钱虽好买不回时间，时间对于我们来讲是那么的重要。金钱永远战胜不了时间，时间是永远的胜者。用最宝贵的时间来做最有价值的事，不用金钱或权力来衡量，而是由每个人的价值观来决定。我一直是个根据每个年龄段考虑什么是最重要的人，坚持不随波逐流，不人云亦云，不害怕离群掉队，专心走自己的路，做真实的自己。我知道离七十岁也只有十年的时间了，已到了分分秒秒都要珍惜，都要精打细算的年龄

作者的母亲抱着外孙

前一阶段母亲发给我一张照片，照片是我刚生下儿子（将近要30年前了），母亲来日本照顾我坐月子时抱着外孙拍的。因为突然发给我，没有心理准备，我居然一下子没认出，母亲抱着的孩子是谁。一种很奇怪的感觉，母亲那时真的很年轻，算起来也就我现在的年纪，儿子因为还没满月，头还立不起来。今年他已经28岁了，28年的时间过去了，在无情的时间流逝中孩子长大，我们变老。母亲已是一位满头白发的老奶奶了。

时间是老天给我们每个人均等的礼物，一天24小时，谁也不多一分不少一分，我们得到的是属于自己的均等财产，如何使用由自己的价值观决定。时间不像钱那样，能看得见摸得到，可以感觉到赚到了多少又用掉了多少，还剩多少还能挣多少。当你年轻时，根本考虑不到时间的存在，会觉得有无限的时间可以挥霍，当你意识到时间时，就会发现挥霍掉的时间，永远也赚不回来了。它是有限的，在你想当然中来，又在无意识中走，无法向别人借更无法还给别人，它走了就再也不回头了。我胆颤心惊地算过自己的时间库存，到80岁也只20年了，二十年的天数都可清晰算得清看得见。

投资时间也就是投资自己的生命，想来只有这样才能战胜恐慌的心理。让自己在有限的时间里做得更好的方法，我想无非只有2种。方法一，只做自己觉得值得的事，清晰地知道自己在做什么为什么做，不只是为了赚钱，当你赚到这辈子够用的钱时，剩下的一部分钱，就不属于你了，你在为别人打工。方法二，让自己健康长寿，延长健康快乐的时间，健康的活着就是投资了人生的时间，但一定是健康快乐地活着，而不是在病床上躺着。

人生百年，50岁开始是自己的第二个人生，第二个人生更重要的，是完成心灵的成长和灵魂的愉悦。要重新为自己设定生活目标和生活内容，重新开始当学生，让自己真正快乐起来。最近听一位长者说，人生无聊时就看书，如果有人说看书有什么用，看书为来世用，看书让灵魂升级，让你来世有更好的人生。当然这种说法不知道有否什么科学依据，只能听听而已，可我在好多年之前就在想为来世做点什么，比如现在有时间学点英语，哪怕记不住，来世再学时可以轻松一些，别像现在一样老也记不住单词，也许真可以做到一个人没有语言障碍周游世界，成为"旅游作家"。

二十一世纪是个活出真正自我的时代，更应该尊重生命，尊重每个人的价值观。没有嫌贫爱富，善待自己的生活，做自己时间的主人。

作者生活照

相处

人的一生最难相处的是和自己，和自己相处好了，一切便风调雨顺了。

无论一个月赚多少钱，只要是干着自己想干的工作，自己认为值得做的事情。无论是跨国公司的老板，还是做义工，和你喜欢的人在一起。不在意别人的评判，不再需要披上一件公众认为成功者形象的外衣，让时间真正属于自己。

在给与的环境中过好日子

在平日的生活里做一个随时感到幸福的人，早晨起床拉开窗帘看着窗外的蓝天白云，心情就和天空一样晴朗，煮着自己一天的第一杯咖啡，这第一杯咖啡非常重要，慢慢煮，让你一天都是这个节奏，日子要慢慢过，不然一天很快就过去了。天气适宜时，我会在户外喝咖啡，吃早点，看看书，对于低血糖体质的我，早上需要一些时间才能让自己进入工作状态。然后会问自己今天想干些什么，听听内心的声音。是想逛街购物？还是想约朋友聊天？还是去看画展或看花。要是内心告诉我，今天不想外出，我就会打开电脑写作或拿出画笔画画。我是个需要两件事情同时进行的人，光做一件事会很快厌倦反而容易放弃，两件事情同时做可以相互刺激，相互弥补。我很少有社会活动和个人社交，身在国外，要交朋友不是一件容易的事，说实话我也不太喜欢过多的社会活动，我会选几样和自己有关的事去学习，或做一些公益，在给与的环境中，过好自己的日子。今年的疫情给我最大的修炼就是，让自己在所处的环境中，把生活尽可能的过得充实和满足。这句话说来容易做到难，人在不能随愿的环境中要排除头脑中的不满、抱怨、烦躁，而换一种思考对待自己对待周边的环境，发现此时此刻的美和小确幸并不是一件容易的事。

疫情发生的2月底，本应去上海拍戏，买好了机票准备出发时接到通知，全组暂停拍摄，何时复工不知道。那时我正在日本，当时日本的疫情没那么严重，大家也都不太重视。到了4月，接到了剧组复工的消息时，日本疫情开始严重，不久就有了封国的通知。这下我被彻底封在了境外，一开始以为不久就可结束，可接着世界性疫情大爆发，看不见好转的迹象。眼看国内一天天好起来，大家都开始复工，而我仍处在每天都有200人左右的感染的城市中，现在就更不得了了，看来疫情是个长期战，不是几个月就能解决的问题，我必须重新考虑自己的计划。在现在所处的环境中，我应该做什么？我能做什么？想起过去曾经看过一本书，大概意思是人生不会一直如意，一直随自己的意愿而向前，经常会碰到阻碍而让你寸步难行，你不能停下你的脚步而让时间流逝，这个时候人生需要A、B、C的规划。当这条路走不通的时候，走走那条路，也许那条也是合适你的路。我拾起了好几年前的出书计划，准备做好这件事，给疫情中的一年一个很好的交待，于是我开始了这本书的写作和整理，在忙碌中渡日。

去年待在家里我基本只做四件事：写作、画画、运动和在家里看电影，因为很少出门，就拿这4件事打发时间也很满足，画画没有灵感了就看电影，写作累了就运动一下。无须出门，无须准备行李坐飞机，无须出差在外好几个月，现在的生活反而变得很安定很惬意。

作者生活照

写

　　"写"，像是我的情绪枢纽站，在这里整理自己混乱的思绪，理出头绪然后抒发出去。无论是生活充实的时候，还是无聊的时候，情绪高扬的时候，还是低落的时候，都想写上几句。写的时候的安静能平复内心的许多积压，许多的委屈和不满让内心重新归零，让自己用正能量去迎接明天。

取悦自己

　　中年后一定要学会取悦自己，近几年拍戏、写作、画画、阅读、旅行、运动和做家事组成了我生活的全部。中年后不光把能挣钱的事叫工作，不能挣钱的兴趣也是我的工作，不再用钱作为衡量自己价值的唯一标准，而是把只要能让自己成长能感到充实的事都算是自己的工作。人有很多时候是观念在束缚自己，只要改变观念会让自己变得更快乐，生活范围和视野也会变得宽广和豁达。就像做义工，虽然没有收入也是一份帮助别人的工作。觉得不赚钱的事就不是工作，不去尝试，是非常可惜的，有时候前期看来不赚钱但当你爱上它了，就会变成赚钱的工作。比拼命努力，我更喜欢是自由自在不受时间约束，想做什么就做什么的生活方式。如果不改变观念，视野会变得越来越狭隘，心里会常有失落感，改变观念是中年取悦自己的关键，会觉得有很多事可以做。

　　最近路过一家店发现在教绣花，我走进店铺看见摆设的绣花作品非常好看。想起了小时候在苏州的奶奶家里，常看奶奶在绣花，奶奶是苏州人大家闺秀，没事就在家绣花。她常跟我说，大小姐是不出门的，没事就在家里绣花、看书、打发时间。那时我很想成为一名"大小姐"，可真是没这个耐心坐下来绣花，成天像个"疯丫头"一样在外面疯玩。而到了中年以后，倒是觉得可以试试做个"大小姐"了。我在绣

作者生活照

头发

　　头发的保养其实比脸蛋更重要。这是我到中年后才深深感到并努力做的事。年轻时，满头茂密油黑的头发，有时还嫌它多，让理发师削薄些，从来都不在意要保护它。可不知不觉人到中年，不是因为脸上的皱纹看上去衰老，而是头发。

作者生活照

花店里买了一个喜欢的图案和绣线，图案是英国的一个名胜地（后来去英国旅游时还真到那儿去逛了一下），回家后安静地绣了一幅小小的风景图，挂在墙上觉得很有成就感。

身边的一对夫妇，60岁毫不犹豫地退休，不再接受继续返聘，也不再留恋朝九晚五的生活，而是回到了家，潜心研究穿衣、做菜。这对夫妻每天穿衣不是从衣柜里拿出什么穿什么，更不是把昨天的衣服拿来继续接着穿，而是一早起床根据心情，决定俩人今天该穿哪套"夫妻装"。比如妻子穿淡粉色的连衣裙，丈夫也会配上淡粉色系的上衣再配条白裤子。总之，夫妻俩人的衣服，有一种颜色是共有的。过去有母子装，我和儿子小时候就这样穿过，也拍照留作纪念。这种穿着是俩人同时"秀"时尚，让人看上去这对夫妻很舒服、很协调、很幸福。他们每天不急不慢地去菜场买菜，讨论着今天的健康食谱，然后不急不慢地回家尝试各种菜的做法，请些朋友或者儿子、媳妇到家里，品尝他们的手艺。下午，他们总是又穿着时髦的"夫妻装"去看展览，或听音乐会，或看电影，有时去喝咖啡或喝茶，总这样干干净净，非常讲究地双双出入，成为中年时尚的一道风景。这对夫妻看起来让人羡慕，他们知道生活幸福的真谛是什么。一切源于生活细节，源于取悦自己的内心，追求内心的愉悦。年轻时可以乱穿衣，可以不休边幅，因为年轻的美可以战胜一切。可人到中年必须讲究外观的整洁、协调、舒服，让人觉得活得有价值、有质量，对自己的人生是满意的，幸福的。

在取悦自己的同时，不要过早地放弃自己，有一件事我一直断断续续的坚持着，就是穿高跟鞋练走路。常听周围的朋友说，人到中年都从高跟鞋中"毕业"了，走路脚痛又累，都改穿软底平底鞋。没错，人到中年，很少有人像年轻时那样再买高跟鞋，也不图穿高跟鞋的漂亮和挺拔的身材，觉得何必那么累那么苦自己，干脆能舒服就舒服。就在这样的想法中，身体不知不觉开始发生了变化，人体的整个肌肉都开始往下走，慢慢的，大腿、小腿、臀部，很快地就松弛了。 我的选择是，一天中有那么一、二小时穿高跟鞋，比如在家做饭时，我会系着围裙穿着高跟鞋，不一定要穿全高跟的，半高跟就可以。在家里累了随时可以脱，不用担心脚痛走不了路。而穿上后你会觉得，整个人都变年轻挺拔了，不只是单纯的做饭妈，而是一位高雅的夫人站在舞台上做料理表演，有种极强的审美意识和向上意识。从小腿到臀部，到小腹都得到了锻炼，也易减肥。这么一举两得的事，为什么不坚持呢？甚至到近处去买菜我也穿高跟鞋，挺拔的身材在路上走着，也会感觉别人在偷偷地斜眼看自己。不要在乎别人的目光，这样的目光会让你变得更美，更有自信。电影《花样年华》中，张曼玉下楼买面条还要穿上精致的旗袍，被房东太太说："下楼买碗面还要穿得那么漂亮"。不要认为这只是穿件衣服的事，其实是内心对自己没有放弃，我非常喜欢这样的日积月累，在大家看不见的地方对自己略微"狠"一点，可以看到一个与众不同的自己。

人生只有开始没有退休

"退休"二字的心理暗示非常不好，我查了一下退休原因：丧失劳动能力。退休年龄男性60岁，女性50岁。可现在五、六十岁是正当年的时候，怎么能退休在家待着呢？为了让自己心安理得，最近我用"开始"来代替"退休"两字。虽说看起来有点矫情，但确实感到心理暗示是不同的，"我又开始了！"，而不是"我已退休了！"，那是满满的正能量。如果你对现在的工作厌倦了，就开始新的自己想做的任何一件事吧！开始别的新工作，像大学刚毕业时一样，可以对什么都好奇，可以让自己的生活比年轻时更精彩！这种"开始"不尝试的话，也许早早地就过上老年人生活，那该是多可惜啊。好奇心的蠢蠢欲动，年轻时拥有的荷尔蒙，自己会清楚地感到在涌动，会感觉到生命有无限的可能性。人生没有太晚的时候，只要你开始，永远是最合适的，这不就是自己想要的状态吗！对自己说：只要你想有奇迹，奇迹就会发生在你身上！

人一生的时间按80年计算，最初的22年是被养育的22年，接着的38年是养活自己的38年，最后的20年是年老后的20年，其实非常简单。我们应该善待自己，善待别人，善待社会，善待这个世界。在46亿年前地球诞生了，37亿年前地球上有了生物，16万年前有了人类的祖先。我们今天能来到这个世界上，是我们人类的祖先和残酷的自然环境抗争，

作者生活照

和侵袭自己的敌人奋战守护和延续着生命，才有了我们每个人的诞生。这样想来，我们来到这个世界上是一种奇迹，一种幸福。善待自己的内心，善待所有的给与，让自己的人生不留遗憾。

我们是这条人类庞大的河流中一个小小微分子。我们除了谦恭、感恩、贡献，还能做什么？只要想到这些，还有什么放不下的？还有什么可怨恨和傲慢的？还有什么非要不可的？我们不是永远在这个地球上，我们在这儿的时间不长，也不在这个世界上的时间很长很长，我们终将从哪里来又回到哪里去。成为一个真正的表现者，无论用什么手段尽情地去表现自己，开始自己的新工作、新生活，这是我今后想做和要做的事情。

人生没有正解，最吸引你的，最快乐的路，就是你应该走的路！走自己的路！愿大家的人生都能找到一条吸引自己的快乐的道路！

人生的第三黄金乐章

最近我在网上提到"让人生再次绽放"这句话后，有不少网友就问我：顾艳姐，我也想绽放，可不知道如何才能绽放？想让自己人生绽放，可又不知该如何行动的人其实挺多的，这种困惑浪费了人生大好时光。

根据我的经验，首先绽放的初级阶段和"钱""名"没有关系，即不要在意这两个字，尤其是钱，连想都不要想。很多人在要开始做事前，先想到这事能不能赚到钱，遗憾的是很多事情的开始都赚不到钱，可能还要亏钱甚至投钱。尤其是和朋友谈起这件事时，只要听到一句话："你怎么那么傻，这种事怎么能赚钱，你就一辈子穷吧。"于是马上就放弃做这件事的念头，连尝试的心都没了。可惜，也许这件事就是你的特长，你的才能所在，却被自己扼杀了。

还有一种情况是，看别人做这件事赚钱你也跟风做，结果发现自己根本不是这块材料，也看不到赚钱的希望又退了出来，来回几次人已过半百，就觉得自己什么才能也没有，混日子算了。

"绽放"有不同的形式，就像百花园中有一年草，也有多年草，还有百年树。一年草只盛开一年，而多年草可以每年都盛开，而百年老树可以屹立百年。"绽放"有像烟花一样，一时红遍整个天空，瞬间落地消失，也有像玫瑰一样，极有存在感年年盛开，也有像黄色的蒲公英，紫色的牵牛花，和不起眼的小白菊，小巧玲珑，洁白无瑕，淡淡绽放。人也是同样，每个人都有自己的才能，都有自己盛开的方式。无论大小，香艳，都是唯一值得骄傲的，让自己绽放是自己的使命。

我们从自己喜欢或羡慕、仰望的事情开始做，不要放弃，一直坚持下去，一定有绽放的那一天。有位朋友听我说后，马上行动报了插花班，学起了插花，每一次的作品投稿越来越好，都让我有点嫉妒了，心想，还说自己没才能，成天过着朝九晚五无聊的上班生活，现在不就在等待绽放吗？或许有一天，也可以找个优雅的小屋，小屋里摆放着满屋的鲜花，在小屋的花丛中，把自己学到的插花知识教给更多的人，想想都是陶醉的场面。只要坚持，总有一天你的"绽放"会来敲门。

作者的水彩画

花之旅

人生应该是花之旅，支撑着自己的是内心中永远盛开的鲜花。

作者的水彩画

问：从小的梦想？

答：当一名优秀的演员。

问：你认为的成功是什么？

答：每个人理解成功的意义不同，我本人也随着年龄的变化对"成功"二字的理解在不断地变化，现在我认为能健康愉快地活到100岁就是成功。

问：工作给你带来的最大牺牲是什么？

答：因为是演员所以常不在家，一定给家人带来了很多寂寞的时间。

问：在逆境中你是如何站起来的？

答：散步，或者是看电影，或阅读。

问：今后的梦想是什么？

答：把自身的才能尽情发挥出来服务于大众。

作者生活照

后 记

现在想来，人生是要有目标的，要非常知道自己要什么，才能得到自己真正想要的生活。

现在想来，一路走来是有目标的，四十岁之前是感性的追随，跟着感觉走，做自己想要做的事，去自己想要去的地方，完全听从内心的召唤。

现在想来，四十岁以后更多的是理性的选择，如果你不珍惜，拥有的可能失去。有时只在一念之差。美女会变成惨不忍睹的老太太，因为你不再成长。

现在想来，能有好的心态和舒适的生活，是自己对自己极其的了解和对清晰目标的挑战和坚持。

现在想来，60岁开始，我将用随缘和坚守并存来对待自己的人生，希望得到大家的支持，也更能够帮助别人。

如果没有"改革开放"，我不会从杭州来到上海当一名演员。如果在大学里，没有受恩师们教诲，我也不会留在上海。如果没有走出国门的时代热潮，一定也不会有出国之梦，一切都是因为生活在一个好时代。现在的人生是自己想要得人生，六十岁、七十岁的我也会一如既往的选择自己想要的样子。

感谢六十年来，所有爱我、帮助过我的人，感谢人生中所有的相遇，感谢这个时代给予我的一切。我们这个年龄可以说遇到了一个好时代，我们经历了信仰坚定的朴实年代，又经历了激烈重组的经济发展的改革年代，现在又可以回到原点找到平凡。

我是谁？我要什么？我应该做什么？希望这本书能给大家带来力量，将是我最大的欣慰！